야우스

마도 시대의 시작

FUSION FANTASTIC STORY

강준현 장편소설

아우스 : 마도 시대의 시작 10
강준현 장편소설

초판 1쇄 찍은 날 § 2018년 1월 8일
초판 1쇄 펴낸 날 § 2018년 1월 15일

지은이 § 강준현
펴낸이 § 서경석

편집책임 § 이지연

펴낸곳 § 도서출판 청어람
등록번호 § 제387-1999-000006호
등록일자 § 1999. 5. 31
어람번호 § 제1-2824호

주소 § 경기도 부천시 부일로 483번길 40 서경B/D 3F (우) 14640
전화 § 032-656-4452   팩스 § 032-656-4453
http://www.chungeoram.com
E-mail § chungeorambook@daum.net

ISBN 979-11-04-91600-7 04810
ISBN 979-11-04-91321-1 (세트)

아우스

마도 시대의 시작

FUSION FANTASTIC STORY

강준현 장편소설

10

청어람

아우스

Contents

61장 소환된 마왕의 정체 · 007

62장 폭주 · 057

63장 첫 번째 임무 · 109

64장 신화 연구소 · 159

65장 프란 · 209

66장 또 하나의 유적 · 257

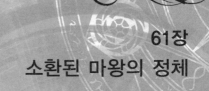

61장
소환된 마왕의 정체

　뚜껑이 완전히 열리고 나타난 이상한 장치는 현대의 물건 같지 않았다.

　매끈한 원뿔형의 몸체에 꼭대기엔 둥근 수정구처럼 생긴 은색 구가 달려 있었다.

　그리고 그 바로 밑에는 무수한 마나석이 박힌 마법진 위에 큼직한 검은 수정이 놓여 있었다.

　위이이이이잉!

　소름 돋는 소리와 함께 꼭대기에 있는 은색 구가 맹렬히 회전했다.

　'위험해! 쉘!'

'죽는다'는 신호에 급하게 쉘을 둘렀다. 그 순간 괴음과 함께 은색 구에서 빛이 터졌다.

파욱!

한 줄기의 빛이 피할 새도 없이 다가왔다. 그리고 쉘에 부딪히더니 다른 곳으로 튕겨져 나갔다.

안도의 한숨도 잠시, 은색 구는 쉴 새 없이 빛을 토하기 시작했다.

파욱! 파욱! 파욱!

자세히 보면 하나의 빛이 아니었다. 수천 개가 넘는 작은 빛줄기였다.

"아, 안 돼……."

한 번 빛날 때마다 수천 명이 기운이 사라지고 있었다. 비명도 없었다. 언제 죽었는지 모르게 사람들이 죽어버렸다. 발칸 시티의 하늘은 순식간에 죽음의 기운으로 차올랐다.

하늘 높이 올라갔다. 그 와중에도 빛은 연신 쉘을 두드렸지만 뚫지 못했다.

"쉘만 막을 수 있는 빛? 설마 피트가 만든 것이 아닌 이계의 물건이란 말인가?"

웬만하면 프로텍트로 방어를 해볼 텐데 엄두가 나지 않았다. 빛의 속도는 그야말로 빛이었다.

양손 검지와 엄지로 원을 만든 다음, 무기를 향하게 했다.

'제발! 헬 게이트!'

마음속으로 빈 후 8서클 마법을 사용했다.

거대한 십자가가 무기 위에 그려졌다. 빛과 함께 막 폭발하려는 순간, 터져 나온 빛줄기 여러 개가 마법을 지워 버렸다.

"빌어먹을! 중력장!"

헬 게이트에 비해 중력장은 순식간에 발현되는 마법이라 사용이 가능했다.

파욱! 쿠앙! 쾅!

중력장이 빛을 일그러뜨려 사람이 아닌 건물이나 바닥을 때리게 만들었다.

이거다 싶었다.

중력장을 더욱 강하게 했다. 그러자 은색 구가 토해내는 빛이 제대로 뻗질 못했다.

"그대로 있으면 모두 죽습니다. 모두들 도망가요!"

마나의 떨림을 이용해 발칸 수도에 있는 전부에게 들리게 소리쳤다.

한데 자신의 작업을 막는 것에 화가 났을까? 은색 구는 더욱 강하게 돌더니 나를 공격해 왔다.

거대한 빛줄기가 나에게로 솟구쳤다. 그리고 지금까지와 달리 쉘을 때렸다.

콰직!

"크윽!"

온몸이 진탕되는 느낌과 함께 몸은 하늘로, 하늘로 튕겨져 올라갔다.

*　　　　*　　　　*

에리안이 뭔가 잘못되었다는 것을 깨달은 것은 상대하던 마도사가 갑자기 공중에서 움찔하더니 그대로 바닥에 떨어졌을 때였다.

바닥에 떨어진 그를 보니 이마에 둥근 구멍이 뚫려 있었다.

처음엔 기분 좋게 웃으면서 두 명의 마도사를 상대하며 틈틈이 자신을 도와주던 베네툭이 도와줬다고 생각했다. 한데 아니었다.

밀리고 있는 마도사를 돕고자 합류했는데 고맙다고 말하던 뮤트 제국의 마도사가 빛줄기를 맞고 쓰러지는 걸 똑똑히 볼 수 있었다.

에리안은 싸움도 잊고 발칸 시티의 중심에 있는 가장 높은 탑을 봤다.

연신 번쩍번쩍 빛났다. 그저 신호처럼 보이는 빛. 그러나 빛이 번쩍이는 순간 베네툭을 상대하던 마도사가 그대로 꼬꾸라졌다.

'아우스가 우려하던 일이 결국 일어난 거야.'

싸울 때가 아니었다.

"베네툭 백작님! 베트랭 공작님! 타칸 후작님!"

다른 사람은 몰라도 세 사람에겐 경고를 해줘야 했다. 베네툭이야 계속 그녀를 살펴준 것이 고마웠고, 다른 두 사람은 처음에 반대 의견을 냈을 때 그녀의 말에 동의한 사람들이었다.

"응? 왜 불러? 지금은 수다 떨 때가 아니라 싸워야 할 때야, 싸워야 할 때."

"무슨 일인가, 에리안 남작?"

"갑자기 왜?"

다행히 세 사람은 근처에 있었다.

"묻지 말고 살고 싶으면 얼른 제 옆으로 와요."

"어? 너 뭔가를 알고 있구나. 방금 쓰러지던 놈들. 설마 외성 밖으로도 영향이 미치는 거냐?"

"아마도요. 얼른……."

어서 오라고 말하려는 순간 아우스의 목소리가 귀청을 때렸다.

"그대로 있으면 모두 죽습니다. 모두들 도망가요!"

마치 옆에서 얘기하는 듯한 목소리.

"어서 와요!"

아우스에게 위험한 일이 있을 거라고 들었던 베트랭 공작과 타칸 후작은 에리안의 표정과 아우스의 목소리에 알 수 없는 위기감을 느끼곤 그녀에게 붙었다.

베네툭 역시 마찬가지.

"으, 웅! 방금 아우스 목소리 맞지? 그렇지? 어떻게 갈수록 괴물이 되어가는 것 같아. 근데 그건 뭐니?"

"아우스가 만들어준 스크롤요!"

깜박이던 빛이 지금까지와 달리 붉은색으로 변했다. 그 순간 스크롤을 찢었다.

찢어진 스크롤에서 빛이 터지며 만들어진 쉘이 네 사람을 덮었다. 그리고 뒤이어 붉은색 빛이 일대에 장막처럼 쳐졌다.

"빠져나갈 수 없어! 방어막이 왜?"

"으악! 마, 마나가 움직이지 않아."

하늘을 날고 있던 마도사들은 땅으로 떨어졌고, 경고를 듣고 전장을 벗어나려던 몇 명은 붉은 막을 뚫지 못했다.

그에 반해 쉘 안에 있던 네 명은 무사했다.

"조용히 움직일게요."

에리안은 스크롤이 만든 방어막이 붉은 막의 기운을 막고 있음을 깨닫곤 일단 막을 빠져나갈 생각을 했다.

"빠져나갈 생각인가? 저들은 어쩌고?"

베트랭 공작은 당황해하고 있는 마도사들을 보고 물었다.

"이건 풀 수가 없어요. 나갈 수도 없을 것 같고요."

에리안은 쉘을 만지며 말을 이었다.

"나갈 수 없다면 우리도 마찬가지로 갇히는 거예요. 일단 움직이죠."

아무리 동료들이 소중해도 자기 자신만큼 소중할 순 없었다. 게다가 쉘 안이다 보니 에리안이 움직이는 대로 따라갈 수밖에 없었다.

"아……!"

안타까운 탄성이 타칸 후작에게서 터졌다.

에리안은 걸음을 멈추고 돌아봤다. 하나둘 사람들이 머리와 심장에 빛줄기를 맞고 쓰러지고 있었다.

"어라? 저 빛줄기도 이 막은 뚫지 못하고 있어. 신기하네. 그렇지 않아? 신기하지?"

베네툭 백작의 말처럼 빛줄기가 들어오다가 방향을 바꿔 튕겨 나가 버렸다.

"이 막이 얼마나 갈지 모르니 얼른 나가죠."

방금까지 함께했던 동료들이 쓰러지고 있었지만 살 사람은 살아야 했다.

"통과가 되는군요."

붉은 막이 쉘에 닿자 마치 물러나듯이 열렸다.

"베네툭 백작! 같이 나갑……."

그들이 통과를 하는 걸 보고 몇 사람이 달려왔지만 소용이 없었다. 쉘을 붙잡았지만 붉은 막을 넘은 이들은 아무도 없었다.

마도사들이 모두 죽어갈 때쯤 구름처럼 사람들이 몰려오는 것이 보였다.

아우스의 경고를 듣고, 혹은 계속 죽어나가는 사람들을 보고 패닉에 빠져 도망치려는 이들이 구름처럼 붉은 막의 가장자리를 향해 달려왔다.

넘어져 밟혀 죽는 이들이 부지기수였고, 무사히 막의 끝까지 온 사람도 곧 머리가 터져 죽었다.

"어떻게 이런 일이……."

밖으로 나온 이들은 넋을 잃고 그 모습을 바라만 보고 있었다.

죽음에 대한 긴장감이라고 없는 베네툭 백작마저도 그 모습에 입을 열지 못했다.

"…지금 보는 것이 우리 왕국과 뮤트 제국이 하려던 짓이었어요."

에리안의 말에 안타깝다는 탄성을 내뱉던 두 사람도 고개를 숙일 수밖에 없었다.

"이제 전 떠나야겠어요. 저 죽음이 끝이 아님을 두 분은 알고 계시죠?"

붉은 막이 피와 뇌수의 막이 되어가는 걸 더 이상 지켜볼 수가 없었다.

"…정말 마왕이 부활할 거라는 건가?"

"아우스의 말에 틀린 것이 있었나요? 세 분 모두 집으로 돌아가 대비를 해두는 것이 좋을 거예요. 의미가 있을지 모르겠지만요."

"자넨 어떻게 돌아갈 텐가?"

"아우스가 준 텔레포트 스크롤이 있어요. 바로 프링크가로 갈 수 있어요."

"그렇다면 자넨 가게. 우린 본래 왔던 마법진으로 돌아가서 대책을 마련해야 할 것 같군. 베네툭 백작님은 어쩌시겠습니까?"

"난 에리안이랑 갔다가 제국으로 갈 겁니다. 암! 끝까지 책임을 져야지."

"왕국에서 보도록 하지. 그리고 살려줘서 고맙네."

"나 역시. 이 은혜는 꼭 갚지."

베트랭 공작과 타칸 후작은 인사를 한 후 황무지 방향으로 뛰어갔다.

"그럼 갈까요?"

"아우스는 안 보고 갈 건가?"

베네툭 백작의 말에 에리안은 여전히 번쩍이고 있는 첨탑 쪽을 보며 중얼거렸다.

"방해만 될 테니까요. 지금은… 그가 무사하길 빌 수밖에 없네요."

시선을 뗀 그녀는 들고 있던 스크롤을 찢었고 베네툭과 함께 그 자리에서 사라졌다.

* * *

"씨발! 씨발! 씨발!"

터져 나오는 욕설을 뱉으며 전속력으로 악마의 무기를 향해 돌진했다.

콰앙!

중첩 쉘을 두르고 있음에도 부딪힌 속도가 워낙 빨라서인지 충격이 어마어마했다.

족히 500미터는 넘게 튕겨져 날아갔던 몸을 바로 세우고 다시 돌진할 준비를 했다. 입에서 비릿한 피 냄새가 느껴졌지만 지금의 기분만큼은 아니었다.

이제 감각에 살아 있는 사람을 찾을 수가 없다. 그럼에도 저 빌어먹을 무기는 최후의 한 명까지 죽이겠다는 듯 빛줄기를 뿜어내고 있었다.

콰앙! 흔들!

약간씩 움직여서 충분히 무너뜨릴 수 있을 거라 생각했는데 착각이었나 보다. 부딪히는 충격에 내가 흔들리고 있었다.

코피를 닦고 몸에 리커버리를 시전했다.

"이 빌어먹을! 벨리알, 이게 진정 네놈이 원하던 것이냐!"

수백만 명의 죽음으로 이루어진 어둠의 기운이 발칸 시티 전역에 가득했다.

그 영향 때문일까. 이렇게 만든 벨리알에 대한 분노로 정신이 아찔할 지경이다.

"…한 명이라도 구해볼 걸 그랬나?"

막기보단 피하게 만들었으면 몇 명이라도 살릴 수 있지 않았을까 하는 죄책감마저 들었다.

"정신 차려, 아우스! 신인지 마왕인지 모를 놈의 부활은 막아야지."

자책은 모든 일이 끝나서 하기로 했다.

마음을 먹고 나자 기분은 금세 침착해졌다. 그리고 지금까지 보지 못했던 것이 보였다.

빛줄기의 대부분이 북쪽 강을 향해 뻗어가고 있었다.

"저 강 밑에 죽여야 할 인간이 있다는 얘기겠지? 벨리알, 거기에 숨어 있었나?"

벨리알은 반드시 뼈를 추려서 죽여 버릴 작정이었다.

강 위로 날아갔다.

"블리자드!"

빛줄기가 닿는 곳부터 주변을 얼리기 시작했다.

강줄기는 순식간에 얼어붙으며 범위를 넓혀갔다.

얼지 않은 곳의 물이 넘쳐 민가로 흘렀지만 개의치 않았다. 그곳에 살고 있던 이들 중 살아 있는 자들은 아무도 없었다.

손을 들어 언 강을 쪼개서 들어 올렸다.

강 밑바닥이 드러났다. 그러자 빛줄기는 그 바닥을 파고들었다.

빛줄기가 숨겨진 기지의 마법을 깨뜨렸을까. 드디어 사람들의 기척이 느껴졌다.

"큭큭큭! 여기 숨어 있었구나, 벨리알."

안으로 바로 이동해 들어갔다.

"피해!"

"모두 이동을……!"

많이도 숨어 있었다. 그러나 빛줄기는 그보다 훨씬 더 많았다.

그들이 죽어나갔지만 슬프지 않았다. 아니, 오히려 속이 시원해졌다.

특히 검은 로브의 마법사들이 보이면 빛줄기보다 빠르게 목을 날렸다.

도대체 어떤 원리로 쏘아지는 빛줄기인지 모르지만 마나의 감각보다 오히려 더 잘 찾아낸다.

산 사람이 없는 와중에도 빛줄기는 나와 한곳의 문을 열심히 뚫고 있었다.

"거기 있구나, 벨리알."

문을 열자 화염 마법이 발밑에서 이는 게 느껴졌다.

쿵! 그저 발을 구르는 것으로 마법을 없애 버렸다. 그리고 마법을 펼친 자의 심장으로 손을 뻗었다.

무슨 수로 빛줄기를 막고 있었는지 모르겠지만 내 손은 막지 못했다. 벨리알 옆에 있던 노인은 심장에 구멍이 뚫려 쓰러졌다.

"또 보게 됐네, 벨리알. 반갑지 않나 보군. 난 널 씹어 먹고 싶을 만큼 반가운데 말이야."

"아우스……."

"이죽거려 봐. 왜, 이제 못 하겠나? 걱정 마. 진짜 씹고 싶은 생각은 없으니까."

어처구니없는 상황 때문인지, 두려워서인지 가늘게 떨고 있는 그를 향해 씩 웃어주었다.

*　　　　　*　　　　　*

"…네놈이 이겼다고 생각하겠지? 하지만 아직……."

짜악!

벨리알의 고개가 휙 돌아가며 둘레에 쳐둔 쉘에 부딪혔다.

"내가 이겼다고 생각한다고? 미친 새끼. 500만이 넘는 사람들이 죽었어, 이 오크 좆 같은 새끼야!"

퍽! 퍽! 콰직! 퍼벅!

지근지근 밟았다. 부러지는 소리가 들렸지만 멈추지 않았다.

벨리알이 8서클 마도사인 게 고마웠다.

너덜너덜해질 만큼 밟았지만 화는 오히려 줄어들지 않고 점점 강해진다. 이러다 죽겠다 싶을 때쯤 멈췄다.

"…크큭! 큭… 큭큭! 네놈이 나에게 화풀이를 하듯이 나 역시 과거에 대한 화풀이를 한 것뿐이야."

으득!

"그럼 그놈들만 죽이면 되잖아!"

"내가 왜 그래야 하지? 내 아버지를 죽였던 자들의 자손이고 그들의 명령에 뒤쫓아와서 어린아이들의 목을 베고 여자들을 겁간했던 자들과 그 자손이다, 큭큭큭!"

말문이 막혔다. 나라고 해도 벨리알과 비슷하게 행동했을 것이다.

"으아아아아아악!"

콰앙!

머리를 어지럽히는 분노에 벨리알을 향해 주먹을 내뻗었다.

"……!"

쉘을 통과해 일대의 바닥이 지진이 난 듯 들고일어나고 흔들릴 정도로 강하게 내려쳤다.

하지만 벨리알은 무사했다.

"…네가 기뻐하는 모습을 보고 죽일 순 없지. 네놈이 한 짓이 결코 네 뜻대로 되지 않았음을 보여주지."

"큭큭! 해봐."

"일단 제물부터."

감각을 황궁 쪽으로 확장했다.

제물을 숨겼다면 분명 황궁 쪽이다.

"찾을 수 있을까? 큭큭큭! 우리가 일을 그렇게 허술하게 처리할 것 같나?"

"닥쳐!"

"핫핫… 컥!"

웃고 있는 입을 발로 차버리고 마나의 흐름을 꼼꼼히 살폈다.

'문신 마법이 그려져 있고 소환체가 찾을 수 있다면 나 역시 찾을 수 있다.'

양파 껍질을 벗기듯 마나를 차근차근 벗겼다. 기존엔 12가지 색이 어지럽게 펼쳐져 있었다면 지금은 수백 가지의 색으로 분화되었고 그 변화를 일일이 살폈다.

"찾았다!"

"…거, 거짓말(거짓말)……."

"직접 확인해."

마나가 모이며 화려한 룬어를 만들었고 바로 정무 홀 내부로 이동했다.

가장 먼저 황좌에 앉아 미라처럼 말라 죽어 있는 그랜트 황태자가 보였다.

"병신 같은 새끼……."

콰앙!

그랜트는 그가 그토록 바랐던 황좌와 함께 폭발해 사라졌다.

그랜트를 눈앞에서 치운 후 벨리알을 데리고 정무 홀 꼭대기로 올라갔다.

"제물 얼굴이나 볼까?"

드득! 드득!

의지를 발하자 벽돌이 뜯겨져 나왔다. 그리고 제물의 얼굴이 보였다.

"…하, 하하… 하하하하!"

어이없음에 웃음이 터졌다. 제물은 베르딘이었다.

그는 약에 취했는지 꼼짝도 않고 벽에 걸려 있는데 벌거벗은 상태에서 온몸에 문신을 하고 있었다.

"욕심에 잡아먹힌 자의 최후군. 광산 때부터의 악연은 오늘로 끝이군."

검을 뽑았다.

"안 돼! 커억!"

쉘 안에서 달려들던 벨리알은 투명 손에 잡혀 움쩍달싹도 하지 못했다.

"자세히 봐둬. 이자가 죽으면 소환된 마왕이 어떤 몸으로 들어갈지 궁금하군. 아! 네 몸으로 직접 받으면 되겠군. 그 전에 조금 망가뜨려 놓으면 몸 안에 들어가자마자 죽여 버리면 되겠지."

"크… 윽! 아, 안… 돼!"

벨리알의 목을 슬쩍 풀어주자 그가 악에 받혀 소리쳤다.

난 피식 웃어주고 검을 슥 뻗어 베르딘의 목에 박았다.

정신을 잃은 상태에서도 고통스러운지 움찔했다.

"벨리알, 날 미워하지 마. 네가 그랬듯이 나 또한 분노를 풀기 위함이니까."

손에 힘을 줘 베르딘의 목을 잘랐다. 잘려진 목은 그림처럼 공중에서 빙글 돌아 아래로 떨어졌다. 그리고 대리석 바닥에 부딪혀 수박처럼 터졌다.

"이래도 살아날 수 있으니까."

화악! 베르딘의 몸에 불이 붙었다. 그리고 빠르게 태워서 재로 만들어 버렸다.

"이, 이… 비, 빌어먹을 개자식이!"

"하하하하! 네놈 표정을 보니 이제야 조금 낫군."

두두두두두두두두! 우우우우우웅~

검은 수정이 작동하기 시작한 모양이다.

주변의 어둠의 마나가 첨탑 쪽으로 몰려오면서 정무 홀 전체가 흔들렸다.

"이제 마왕이 누구의 몸으로 들어가는지 보러 가자."

첨탑 밖으로 나갔다.

"아……!"

무기는 어느새 멈춰 있었고 첨탑을 중심으로 음의 마나가 마치 구름처럼 모여들고 있었다.

죽은 자들의 시신에 남은 마나 한 방울까지도 모으려는 건지 죽은 자들은 트리즌 영지에서 봤던 주검처럼 변해갔다.

심지어 두르고 있는 쉘의 마나까지 끌어당겼다.

"마루… 네놈인가?"

마왕이라면 떠올릴 이는 그밖에 없었다.

신이었지만 악마로 불리던 자, 악마 중의 악마.

어둠의 마나와 일대의 모든 마나를 끌어당긴 검은 구름은 서서히 검은 수정 안으로 들어갔다.

주변에 마나가 다시 밀려오는 것을 보니 더 이상의 흡수는 없는 모양이었다.

"네놈이 제물이 되어주어야겠다."

쉘을 풀고 벨리알을 첨탑 바로 밑으로 보냈다.

"…크윽! 이, 이놈! 네놈은 꼭 죽이고 만다."

"그럴 수 있음 그러든가."

스물두 자루의 검이 빠져나와 그를 곤충 박제 하듯이 벽에 고정시켰다.

하나씩 박힐 때마다 비명을 질러댔지만 무시했다.

조금만 움직여도 수십 조각으로 잘라 버릴 수 있게 만들어 놓은 다음 검은 수정의 변화에 집중했다.

안 그래도 짙은 검은색이 보는 것만으로도 빨려들 만큼 어두워지는 느낌이었다.

혹시나 싶어 마법을 사용하자 제대로 발현되기도 전에 빨려 들어가 버렸다.

하늘을 가득 채우고 있던 구름은 5분도 되지 않아 수정으로 빨려 들어갔다. 그리고 어느 순간 '찌적!' 하는 소리와 함께 수정이 깨져 나갔다.

"…알이냐?"

중얼거리면서도 수정에서 시선을 떼지 않았다.

수정이 가루가 되어 사라지고 나자 비로소 눈으론 보이지 않고 마보세로만 보이는 이상한 빛 하나가 수정이 있던 위치에 있었다.

빛이 천천히 공중으로 떠올랐다.

투명 손을 이용해 잡으려 시도를 해봤지만 그냥 지나갈 뿐이다.

"벨리알에게 들어가. 그럼 바로 죽여줄게."

혹시 몰라 쉘을 두른 후 중얼거렸다.

내 말을 알아듣기라도 했을까. 어느 정도 떠오르던 빛이 딱 멈추더니 밝아졌다 어두워졌다 반복했다.

'움직인다!'

생각과 동시에 빛은 휙 하고 날아가기 시작했다. 벨리알이 있는 곳이 아니었다.

"마왕이 넌 싫은가 보다."

"…개… 켁!"

"닥치고 있어. 제물을 못 찾으면 너한테 다시 올 수 있으니까."

어느새 말끔해진 입을 다시 엉망으로 만들어놓고 빛을 쫓았다.

'근처에 살아 있는 이는 아무도 없는데 어디로 가는 거지?'

감각을 확장해 혹시 빛이 가는 곳에 살아 있는 이가 있는지 확인했다.

감각이 닿지 않는 곳이 한 군데 있었다.

'아라교 신전?'

무기가 쏜 빛은 벨리알이 숨어 있던 강 밑 기지를 빼곤 모든 곳을 뚫었다. 그런 빛이 신전을 뚫지 못했다고 생각하기엔 무리가 있다.

근데 황궁에 쳐진 방어진마저 뚫어볼 수 있게 된 지금 감각에 잡히지도 않는 신전으로 가는 게 너무 이상했다.

'설마 신전 외부에 있는 조각상에 새겨져 있던 마법진의 기능?'

짧은 순간, 머리가 빠르게 회전했다. 그리고 지금까지 생각했던 것 중에 한 가지 잘못 생각하고 있었음을 깨달았다.

소환되는 것이 당연히 마왕이고, 마왕은 당연히 남자일 거라는 생각.

8년마다 신녀가 바뀌는 아라교. 그리고 신녀의 이름은 언제나 아라.

마루의 제단에서 봤던 깨진 관과 죽은 시체, 그리고 그 시체에서 찾은 손바닥만 한 금속 카드.

얼음 성에서 봤던 아라.

거기서 9서클이 된 피트.

피트에 의해 만들어졌다고 알려진 발칸 제국의 괴상한 무기.

얼음 성에 있었던 마나를 빼앗는 마법진.

……

이번 일과 관련된 기억이 역으로 흘렀다. 그리고 한 가지 결론에 이르렀다.

"부활을 계획한 건 아라 네년이었구나!"

소환된 빛보다 빠르게 가고자 마음을 먹으려는 순간 빛은 그야말로 빛처럼 신전으로 날아갔다.

"안 돼~"

순식간에 신전으로 날아가 한쪽 벽을 뚫고 들어갔다.

"꺄악!"

"뭐, 뭐야!"

예상대로 신전 안에 있는 이들은 살아 있었다.

안으로 들어오자마자 감각이 되살아나 내부의 사람들이 느껴졌다.

"신녀!"

생각이 아무리 빨라도 빛보단 빠를 수 없나 보다.

그녀가 있는 곳으로 이동했을 때 신녀는 바닥에 쓰러져 있었다.

"누구냐! 물러나라."

그녀를 수호하는 이들이 막아섰다.

"비켜! 그녀가 깨어나면… 젠장!"

말을 하다 보니 신녀가 진짜 아라로 깨어나면 이들로서는 전혀 상관없는 일이라는 생각이 들었다.

쿠웅!

손을 휘둘렀지만 폭음만 들릴 뿐 그들은 꼼짝도 하지 않고 있었다. 방어막을 친 것이다.

"비키라고, 이 망할 새끼들아!"

"그럴 수 없다! 왜 신녀님을 죽이려는지 모르지만 우린 절대 막을 것이다."

"그럼 그러든가!"

조금 전보다 5배 이상의 힘을 더해 그들을 후려쳤다.

콰앙!

바닥과 천장이 흔들리며 돌이 우수수 떨어졌지만 6명이 친 방어막은 깨지지 않았다.

"정말이지……."

말은 죽일 듯이 했지만 진정한 종교인이라 불릴 만한 이들이라 다치게 하고 싶지 않았다.

그 때문에 손속에 사정이 들어간 것이다.

별수 없었다. 여섯 명을 향해 벨리알의 방어막을 깰 때와 같은 힘으로 주먹을 날렸다.

쩌엉! 퍼퍼퍼퍼퍼퍽!

여섯 명은 비명을 지르며 뒤쪽으로 날아가 벽에 부딪혔다.

그 즉시 할 수 있는 모든 마법을 그녀에게 쏟아부었다. 그러나 맑고 짧은 목소리에 힘을 발휘하려던 마나는 멈춰 버렸다.

"…디스펠!"

그리고 반대로 어마어마한 기운이 가슴 쪽에서 날아왔다.

"쉘!"

콰아아아앙!

소리가 귀에 들렸을 때 몸은 이미 신전 벽을 뚫는 것도 모자라 여러 개의 건물 벽을 뚫고 있었다.

"쿨럭!"

피를 토해냈다.

단 한 방에 용암도 이겨냈던 쉘이 부서져 버렸다. 물론 쉘이 없었다면 이번 공격에 죽었을지도 모른다.

도망을 갈지, 한번 붙어볼지 고민됐다.

한데 무게의 추는 순식간에 전자로 기운다. 그만큼 방금 전한 방은 강력했다. 그러나 어느새 신녀, 아니, 아라가 다가왔다.

"당신, 신이라 불리던 아라인가?"

"…응? 날 알아?"

"젠장! 진짜였군. 한 가지 물어보자. 죽기 전에 부활할 계획을 세웠나?"

"…재미있는 녀석이네. 넌 누구기에 그런 걸 알고 있는 거지? 가만… 오호! 과거의 우리를 소환하려는 의식임을 눈치채고 있었구나."

'아직 몸에 적응을 다 못 했어.'

제멋대로 움직이는 얼굴 근육과 어눌한 말투가 그 사실을 얘기해 주고 있었다.

"음, 소, 소환 의식을 방해하려 했고… 이곳에 있었던 인구 때문에 나를 죽이려 했네."

"꼭 이렇게까지 해서 살아야 할 이유라도 있나? 신으로 추앙받으며 오래 살았잖아? 너희들이 만든 생명이라 마음대로 해도 된다고 생각하는 거야?"

"놀라워! …도대체 어디까지 알고 있는 거지? 이 아이의 기억엔 더 이상… 저, 저, 정보가 없네. 스물한 살? 넌 누구지? 다른 승무원의 실험이 성공한 건가? 쉘도 그렇고."

"그저 네가 퍼질러 놓은 것들을 많이 경험했을 뿐이야. 신 따위가 아니라고."

"꽤 귀엽긴 한데 말투가 마음에 안 들어."

"중첩 쉘!"

말이 끝나기 무섭게 몸이 다시 뒤로 날아갔다. 수많은 집들의 벽을 뚫고 나서야 몸을 바로 할 수 있었다.

'느껴져!'

무작정 두려워할 필요는 없을 것 같았다.

"9서클? …넌 정말 사람 놀라게 하는 재주가 있구나. 좋아. 넌 나에게 건방지게 굴 만해. …어떠냐? 나와 손을 잡는 것이. 네가 원하는 대로 해도 좋다. 뮤, 뮤트? 제국의 황제를 죽여도 좋고, 플린 왕국의 왕을 오체분시해도 좋아."

"…그건 지금이라도 가능해. 한 가지만 묻자. 당신 왜 살아난 거야? 무얼 하려고?"

"훗! 신은 죽으면 안 되잖아. 영원히 신으로 존재하게 될 거야."

자신을 진짜 신이라고 생각하고 있다니. 이 여자, 미쳤다.

"내 옆에서 날 도와. 네가 인간 세상의 황제가 돼. 난 신으로 남을 테니."

매력적인 제안이다. 하지만 나보다 약한 인간을 신으로 모시고 살 생각은 없다.

물론 생각을 뱉진 않았다.

"좋아! 신이라면 일단 나부터 이겨봐."

"인간이란……."

신과의 싸움을 시작했다.

*　　　　*　　　　*

7서클과 8서클, 9서클의 차이는 뭘까?

상단전의 의지를 발해서 마나를 움직인다는 점에서 모두 같다. 그렇다면 의지를 발하는 상상력이 뛰어난 사람이 강할까?

그건 아니다.

7서클이 아무리 상상력이 크다고 해도 산의 거대한 일부를 디그로 파서 성을 쌓는 건 불가능하다.

아라가 마법을 사용하는 걸 보고 서클의 차이는 의지의 전달력, 혹은 마나에 대한 지배력이라는 걸 알게 됐다.

쾅! 투두두두두둥!

"크윽! 쿨럭! 쿨럭!"

아직 일체화가 완전히 이루어지지 않았으니 할 만하다고 생각했는데 착각이었다.

만만하게 봤던 그녀의 실력은 그게 끝이 아니었다.

그녀의 마법에 대한 비밀을 알아가고 있지만 그녀가 신녀의 몸과 일체화되어 가는 속도가 내가 적응하는 시간보다 빨랐다.

"퀘! 피스트!"

빠르게 다가오는 그녀를 향해 마나 주먹들이 사방팔방 점하고 다가갔다. 그러나 그녀에게 도달하기도 전에 주먹들은 찢어졌다.

금세 다가온 아라.

공격하지 않고 말을 걸어왔다.

"더 할 거야?"

"난 아직 멀쩡해. 그리고 점점 익숙해지고 있어."

"내가 언제까지 놀아줄 거라고 생각하지 마. 그나저나 이 아이, 정말 대단한 몸을 지녔어. 마나를 이렇게 다양하게 볼 수 있다니. 네가 무슨 생각을 하는지 빤히 보여. 어쩌면 더 이상 죽음을 두려워할 필요가 없을지도 모르겠어."

"내가 무슨 생각을 하고 있는데?"

"날 죽이려 하고 있지. 음, 도망갈 생각도 하고. 신기하군. 과학이 아닌 인간의 몸으로 이런 분석까지 가능하다니 말이야."

그녀가 신녀의 몸에 대해 신기해하고 있을 때 난 그녀의 마법에 대해 분석했다.

'너무 자연스러워. 마치 주변의 모든 마나가 그녀의 편인 듯해.'

8서클 마도사들을 단번에 죽였던 기술도 그녀는 너무 자연스럽게 피해 버렸다. 그녀가 마나인지 아님 마나가 그녀인지 모를 정도였다.

'아! 마나가 그녀의 편이라면 내 편이기도 해. 그녀가 마나라면 나 역시 마나이고. 9서클의 해답은 동기화인가?'

몸에 날뛰던 마나를 밖으로 풀었다. 그리고 밖의 마나와 같아지게 만들려고 노력했다.

'아! 이 느낌. 어제 지하 하수구에서 느꼈던 그 느낌. 그때 내가 9서클이 됐었구나.'

한번 경험했던 느낌이기에 금세 익숙해졌다.

아라는 내가 하는 양을 귀엽다는 듯(?) 쳐다보고 있었다.

'후회하게 만들어줄게!'

그녀가 나에게 했던 것과 같은 공격을 생각했다.

콰앙!

생각과 동시에 그녀의 몸은 날아갔다. 그러나 결과는 전혀 달랐다.

얼마 날아가지 않아 멈췄고, 멀쩡했다. 그녀가 두르고 있는 쉘과 비슷하면서도 훨씬 튼튼해 보이는 방어막이 눈에 거슬렸다.

'부숴 버려!'

콰직! 콰직! 콰지직!

그녀의 방어막이 곧 부서질 정도였지만 그녀는 여전히 웃고 있었다.

"놀라워. 그렇게 빨리 9서클의 정수를 깨닫고 사용할 수 있으니 말이야. 근데 말이야, 9서클의 끝이 어디인지 알고 있어?"

"어제 9서클이 된 내게 너무 큰 기대하지 마. 그리고 무시도 하지 말고."

'찌그러져!'

콰직! 소리와 함께 완전히 부서졌지만 그녀는 이미 없었다.

"끝은 나도 모른다는 거야, 호호호!"

그녀는 내 귀 뒤쪽에서 속삭이며 웃었다.

뒤쪽에 화염을 일으키며 즉시 이동했다.

"쿡쿡! 넌 이미 죽었어."

떨어졌다고 생각했던 아라는 낮은 목소리로 쿡쿡대며 내 등을 손가락으로 쿡 찔렀다.

간단한 손가락질에 몸이 터질 듯한 충격과 함께 앞으로 날아갔다.

정신을 차리고 자세를 바로 했을 때 외성에서 내성까지의 집들을 다 뚫고 난 뒤였다.

갈비뼈는 세 개나 부러졌고, 발목뼈도 달랑거렸다.

'리커버리!'

9서클이 되어서인지 리커버리를 펼치자마자 뼈가 붙었다.

"다 나았네. 그럼 이번엔 어떨까?"

"……!"

말이 끝날 때까지 다섯 곳이나 이동을 했다. 근데 그녀의 손가락이 등에 닿았다.

'큭! 무슨 기술이기에……'

이번엔 하늘 방향이었다.

"너무 멀리 날아가서 도망가면 곤란해."

멈추자마자 앞에 나타난 그녀는 손가락을 찔러왔다.

'뒤로! 뒤로! 뒤로!'

연속으로 뒤로 물러나며 그녀의 행동을 살폈다. 한데 이동을 하는 건지 의문이 들 만큼 그녀는 계속 같은 거리에 있었다.

"도대체… 악!"

두두두두둑!

그녀의 손이 닿는 순간 가슴뼈가 함몰됐다. 숨이 턱 막히는 순간 방어막을 펼치지 않았다면 심장이 터졌을 것이다.

콰앙!

바닥에 처박혔다. 그리고 그 위로 쏟아지는 거대한 마나의 주먹들.

낫는 속도와 상처 입는 속도가 비슷하다. 그래서 더 고통스럽다. 정말 압도적으로 강했다.

'따라붙는 것과 그녀의 수법을 대충이나마 알게 됐으니까.'

정신없이 당하다 보니 이제야 알아냈다. 물론 물리적인 시간으로 따진다면 당하기 시작한 후부터 몇 초 지나지도 않았지만 말이다.

이러다 땅에 파묻히겠다 싶어 바로 의지를 발했다. 몸이 블링크처럼 사라졌다가 아라의 등 뒤에 나타났다.

"잡았다! 이번엔 네가 피해봐."

손가락으로 그녀의 등을 찔러갔다. 한데 그녀는 태연하게 서서 말했다.

"근데 그거 알아? 방금 그건 9서클에 익숙해지기 위해 우리끼리 하던 놀이였다는 거."

그녀의 몸에서 풍기는 기운은 진실이었다.

"그리고 그 놀이에서 난 져본 적이 없어."

그녀가 사라졌다. 그 순간 그녀의 뒤로 갈 것을 바랐다. 한데 그녀의 등을 봤다 싶은 순간 다시 사라졌다. 그래서 다시 이동했다.

꼬리잡기 놀이처럼 멈추는 사람이 잡히는 상황이 되어버렸다.

'언제까지 이래야 하지? 늙어 죽을 때까지 이러다 끝날지도.'

미리 움직일 것까지 계산을 해서 움직이려 했지만 소용이 없었다.

"간만에 해서 재미있긴 한데 지루하네."

지쳤는지 그녀가 등을 보인 채 멈춰 섰다. 한 방 먹이겠다는 생각으로 손가락을 뻗었다.

근데 손이 그녀의 등에 닿기 전에 머리로 어마어마한 충격이 전해지며 세상이 빙글빙글 돌았다. 그리고 그대로 날아가 황궁의 정무 홀 근처에 처박혔다.

'이게 대체 무슨……?'

무슨 상황인지 이해가 되지 않을 정도로 멍했다. 몸이 제대로 움직이지 않는 걸 보면 몸의 어딘가가 부러진 것 같은데 치료도 되지 않았다.

뇌가 흔들렸다고 이렇게 무기력해질 줄은 몰랐다.

"뇌라는 것이 원래 그래. 흔들리면 자신이 어디 있는지, 누구인지조차 헷갈리게 돼. 게다가 정신력을 이용한 마법에도 영향을 받지, 이래도 계속… 응? 아직 살아 있는 놈이 있네?

저놈은 누구지?"

멍한 상태에서 여자가 쳐다보는 곳을 바라보았다. 멀었지만 바로 옆에서 보는 것처럼 보였다.

검에 꽂힌 채 원망이 가득한 표정으로 나를 보고 있는 사내.

낯은 익은데 퍼뜩 떠오르지가 않는다.

'저자 이름이… 아, 벨리알!'

뇌가 서서히 정상으로 돌아왔다.

"…벨리알이라고, 널 소환한 놈이야. 널 조종해 세계를 가지려고 했지. 이봐! 벨리알. 네가 소환한 신이야. 할 말이 있으면 해봐."

벨리알은 아라를 보고 잠시 놀란 표정을 짓더니 중얼거렸다.

"…신이여, 나를 풀어주십시오."

"8서클이라 꽤 쓸 만한 놈이군."

"소환을 한 것도 접니다. 충성을 다해 모시겠습니다."

"정말?"

"물론입니다!"

불쌍한 벨리알. 아라가 나와 같이 거짓을 볼 수 있다는 걸 알았다면 절대 헛된 마음을 품지 않았을 텐데.

"내가 제일 싫어하는 놈이 거짓말을 하는 놈이야. 차라리 저자처럼 살기를 뿜었다면 살려뒀을 것을."

내가 박아뒀던 검이 서서히 움직였다.

"자, 잠깐! 내가 검은 수정구에 마법진을 그대로 새겼다고 생각하는 건 아니겠지? 내가 죽게 되면 너에게도 피해가⋯ 컥!"

아라는 움직이려던 검을 멈추려 했지만 내가 움직여 벨리알을 산산조각 내버렸다.

그의 말은 진실이었기 때문이다.

어떤 조작을 해뒀는지, 어떤 피해가 생길지 모르지만 얘기가 끝나고 나면 절대 그를 죽일 수 없을 터.

벨리알의 죽음이 아라에게 영향을 미쳤을까, 아라가 순간 휘청했다.

'지금이다!'

얻어걸린 행운이든 뭐든 기회를 잡았다.

얼른 그녀의 뒤로 갔다. 그리고 심장을 향해 수도를 찔러갔다.

인간 세상에 신 따윈 필요 없다. ⋯아니, 상관없나? 황제나 신이나. 어차피 평범한 사람에겐 위에 있는 사람이 적을수록 좋다.

머리가 흔들리면서 정체성까지 흔들렸을까. 순간 움직임이 느려졌고 아라는 살짝 몸을 뒤틀었다.

푸욱!

"크윽!"

그녀의 어깨를 뚫었다 싶었는데 팔에 피만 남겨놓고 사라져 버렸다.

"…감히!"

그녀는 어느새 어깨가 다 나은 채로 바로 내 머리 위에 있었다. 그리고 두 다리로 어깨를 밟았다.

피하려 했지만 새로운 수법인지 밟히는 순간 마나 제어 마법진에 있는 것처럼 마나가 움직이지 않았다.

"고통을 줬으니 그에 대한 보답은 해야겠지?"

"보답 따윈 필요 없는데."

"내가 서운해서 안 되겠어."

몸은 빠르게 아래로 떨어져 내렸다.

이젠 확실히 알게 됐다. 아라와 나의 간격 사이에 넘지 못할 벽이 있음을.

'절대 봐줄 것 같진 않고. 이대로 떨어지면……. 움직여라, 마나야!'

막 바닥에 닿으려는 순간, 내부의 마나가 아닌 문신 마법의 마나가 움직이며 다리와 몸을 감쌌다.

쿠웅! 콰지직!

"크아악!"

너무 늦었나 보다 발목, 무릎, 대퇴골까지 수수깡 부러지듯이 부서졌다.

아라와 싸운 길지 않은 시간 동안 왜 이렇게 머리가 하얘지는 일이 많은 건지. 8서클이 된 후 이렇게 고통스럽기는 처음이다.

아라는 이번엔 목을 밟았다.

"조금 전 망설임의 대가로 다시 한 번 물어보겠다. 어떻게 할 거지?"

"…으, …뭐, 뭘?"

"처음에 했던 질문."

자신을 따르겠느냐는 질문을 말하는 것이리라.

이건 길게 생각해 보고 말고 할 일이 아니었다. 이까짓 일에 내 목숨을 바치는 것도 웃긴다.

내가 없으면 세상도 없는 법이다.

"두말하면 잔소리지. 무조건 따를게!"

대답을 하자 그녀는 손가락을 까닥거렸다. 그리고 까닥거릴 때마다 어깨부터 구멍이 뚫렸다.

"아악! 또, 도대체 왜……?"

"신을 대하는 자세가 마음에 들지 않는데?"

"큭! 다, 다리를 다치면서 머리를 다친 모양입니다. 용서를 해주십시오."

목숨을 위해서라면 백 번이라도 더 고개를 숙일 수 있다. 그리고 실제로 굴복했다.

거짓을 판단할 수 있는 그녀 앞에서 위기를 모면하기 위한 변명 따위가 통할 리가 없었다.

"좋아. 이빨을 드러내는 건 이번 한 번뿐이다. 다음엔 너뿐만 아니라 네 주변 사람들 모두를 죽일 것이다."

"명심하겠습니다, 크윽!"

"엄살은. 난 몸을 완벽하게 일체화시켜야 해서 잠시 쉬어야겠다. 넌 지시를 기다리도록."

"예, 아라 신이여! 샹카로 가십니까?"

"샹카도 알고 있다니. 언제가 네 머리를 해부해 보고 싶구나."

"언제든 원하신다면."

"그새 아부까지 할 줄 아는구나."

"인간은 환경의 동물이잖습니까."

아라가 발을 뗀 순간부터 엉망진창이던 다리와 구멍 난 어깨가 낫고 있었다.

"훗! 영악한 녀석이군. 첫 번째 임무를 주겠다."

"말씀하십시오!"

다 나았기에 일어나 고개를 숙이며 말했다.

"이 아이의 머릿속을 보니 황제와 왕들에게 꽤 많은 불만이 있더구나. 그들의 처리를 너에게 맡긴다. 충성을 맹세한 대가로 주는 선물이다."

"후임자는 어떻게 할까요?"

"네가 앉든 네가 마음에 드는 사람을 앉히든 마음대로 해."

"그렇게 하겠습니다."

고개를 들었을 때 그녀는 이미 사라지고 없었다. 문득 맥이 빠졌다. 그래서 주저앉았다.

말라붙은 시체들, 아라와 싸우느라 엉망이 되어버린 황궁. 모든 것이 꿈결처럼 느껴지는 하루다.

그저 아무 생각 없이 앉아서 쉬었다. 그러다 문득 하늘을 보고 중얼거렸다.

"휴우~ 지독히도 아름답군."

서서히 노을이 지고 있었다.

아이러니하게 살아 있는 사람이라곤 아라고 신전에 있던 사람들뿐인 발칸 시티는 노을에 황금빛으로 물들어 여느 때보다 아름다웠다.

*　　　*　　　*

[당신은 누구죠? 누군데 내 몸에 들어온 거죠?]

"큭! 또."

갑자기 들려오는 내면의 소리에 샹카로 이동하던 아라의 몸이 휘청했다.

벨리알이 그의 피로 걸어둔 제약은 그가 죽게 되면 영혼의 고리가 느슨해지게 만드는 것이었다.

'그놈이 영혼을 잡아두는 마법진을 손댄 모양이네.'

아라는 금방 눈치챘다. 그녀가 만든 것인데 모를 수가 없었다.

[영혼을 잡아두는 마법진?]

'나의 대리인인 하디드야, 잠시만 잠들려무나.'

경계를 하고 있어서일까. 그녀의 힘이 닿지 않는 모양이었다. 하디드는 아무렇지도 않은 듯 물었다.

[…혹시 아라 신이십니까?]

'그렇단다.'

하디드가 말이 많아질수록 영혼의 간격이 점점 벌어지면서 고통이 밀려왔지만 힘이 닿지 않는 이상 일단은 설득할 수밖에 없었다.

[이게 무슨 일인지 설명해 주실 수 있으십니까?]

'내가 너의 몸을 통해 대륙에 강림했단다.'

[아……! 설마 마왕 강림 때문입니까?]

'그래. 아까 깨어났을 때 성에 매달려 있던 자를 보지 않았느냐.'

[오, 아라 님이여! 대륙을 위해 제 몸을 빌려 현신하시다니, 대륙인을 대신해 감사드립니다.]

'당연히 내가 할 일이다. 완전히 처리하지 못해 시간이 걸릴 것 같구나.'

[미천한 몸을 마음껏 사용하십시오. 한데 이곳은 어디입니까?]

'과거에 내가 지내던 곳이다. 너와 일체화되지 않아 놈을 죽이지 못했다. 그래서 먼저 일체화를 시키러 이곳에 왔단다.'

[아! 죄송합니다.]

'아니다. 일단 쉬어라. 놈을 처치하고 나면 그때 너의 몸을 돌려주도록 하마.'

경계심이 사라졌을까. 아라의 말에 하디드의 영혼은 잠들었다.

"일단 기억과 이 아이의 영혼을 없애는 것에 집중해야겠어."

소환 의식에 대한 것들을 남겨둔 것은 그녀였지만 실제로 소환이 될지는 미지수였다.

한데 실제로 이루어진 이상 다음을 생각할 때였다.

하디드의 기억은 온전히 읽을 수 있는데 정작 자신의 기억은 많이 빈다.

'그 남자를 죽이려 할 때 왜 그래선 안 된다고 생각했는지도 알아내야 해.'

아직까진 위협이 되지 않는 자이지만 미래를 생각한다면 위험했다.

"알고 난 후에 어떻게 해야 할지 결정해야겠어. 그나저나 몬스터들이 샹카엔 어떻게 들어온 거지?"

알아야 할 것이 많았다.

샹카의 중심부에 있는 방어막에 다가간 그녀는 뭔가를 중얼거렸다. 그러자 그녀가 지나갈 수 있게 열렸다.

"이동이 될 때부터 알고 있었지만 마루가 죽은 후 모든 것이 초기화가 되었어."

좀 더 안으로 들어가자 과수원과 샹카 중심부에 있는 나무 샹카가 보였다.

"드디어 돌아왔구나!"

선원들의 불화 때문에 쫓겨나듯이 떠난 후 얼마나 돌아오고 싶었던 곳인가.

과수원으로 성큼 다가가 애플 체리를 땄다.

와삭!

입안에서 느껴지는 달콤새콤한 맛에 살아났음을 새삼 깨달았다.

하나를 금방 먹어치우곤 이번에 감자가 있는 곳으로 움직여 감자를 캤다. 마법이 일어나며 순식간에 뜨겁게 익은 감자의 껍질을 벗기고 맛있게 먹었다.

농장 일을 하던 파머들이 쳐다보면서 경계를 취했지만 그녀는 신경 쓰지 않고 농장 돌며 이것저것을 맛보았다.

토마토를 따서 한 입 물려고 할 때 다섯 명이 그녀를 향해 빠르게 다가왔다.

"엘프들이네."

"누구냐? 이곳은 인간이 들어올 수 있는 곳이 아니다. 그것도 모자라 농작물을… 허억!"

말을 하던 남자 엘프와 네 명의 엘프는 갑자기 밀려오는 거대한 힘에 무릎을 꿇었다.

"주인 앞에서 주인 행세를 하려 하다니. 모르고 한 짓이니 이번엔 특별히 용서해 주지."

"무, 무슨⋯⋯?"

"너희 일족들을 탄생시킨 사람이 나다. 이곳의 모든 자연이
내 손을 거쳤다."

"서, 설마, 드래곤 일족이십니까?"

"멍청한 판타지광 때문에 그리 불렸던 적도 있었지."

"⋯부디 용서를. 바로 장로들에게 연락을⋯⋯."

"됐다. 직접 가서 보면 될 터."

말이 끝남과 동시에 원래 없었던 것처럼 아라의 모습이 농
장에서 사라졌다. 사라진 그녀가 나타난 곳은 세 명의 장로가
있는 샹카 바로 밑이었다.

"헉! 누구냐!"

"하나같이 이렇게 보는 눈이 없어서야."

엘하임은 갑자기 나타난 어린 여자를 보며 소리치곤 얼른
마법을 일으키려고 했다. 그러나 강력한 힘이 그와 두 장로를
짓눌렀다. 그대로 바닥에 납작 엎드릴 수밖에 없었다.

'이⋯ 이 마법 방식은 용언?!'

엘하임은 그녀의 행동에서 말로만 들었던 샹카를 다스리던
드래곤족을 떠올렸다.

떠올리는 것만으로도 부들부들 떨렸다.

유전자에 새겨져 있다고 할 만큼 드래곤은 유사 인종에게
경외의 대상이었다.

"오랫동안 관리하느라 애썼다. 일일이 설명하기 귀찮은데 관리 책임자는 어디 있느냐?"

아라는 장로들은 좀 더 가혹하게 다루었다. 권력을 가지고 있던 자들은 새로운 권력자의 출현을 좋아하지 않는다. 그래서 초장에 확실하게 해두는 게 좋았다.

"크윽! 지, 지하에… 있습니다. 지, 지금 당장 부르도록 하겠습니다."

"아니다. 내가 가보도록 하겠다. 그동안 너희들은 주민들에게 내가 왔음을 알려두도록."

"알겠습니다! 잠시만 기다리시면 필요한 아이들을 붙여 드리겠습니다."

"일단 지하부터 다녀온 다음 보도록 하지."

"한데… 치료를 담당할 아이는 없습니다."

"오호! 율법을 따르지 않은 건가?"

"…그, 그게 아니라… 이곳에 왔던 인간을 제멋대로 치료를 하는 바람에."

치료 담당 엘프가 치유의 노래로 누군가 치료하고 나면 다른 사람에게는 치료가 불가능함을 아라가 모를 리 없었다.

유사 인류를 만들 때 그 율법을 만든 사람 중 한 명이 그녀였다.

"그 인간의 이름이 아우스겠지?"

"그걸 어떻게……? 하루빨리 찾아 치료 담당 엘프를 준비하겠습니다. 부디 용서를!"

"됐다. 내 사람이 된 자이니 선물로 줬다고 생각하면 될 터."

샹카 앞으로 가 중얼거리자 문이 열리며 작은 방이 나타났다. 그 위에 오르자 바닥이 아래로 내려갔다.

"여기를 걷는 게 도대체 얼마만인지."

엘리베이터에서 내려 복도를 따라 걷는 아라에게는 샹카의 모든 것이 오랜만이었다.

"근데 이곳에게 쫓겨났다는 건 알겠는데 무엇 때문인지는 기억이 나지 않네."

시간이 지날수록 기억은 점점 살아났다. 한데 쫓겨난 그녀가 결국 쫓아낸 함정의 주요 인물 9인을 모두 죽인 것도 기억났는데 정작 그 이유가 기억나지 않았다.

복도의 문이 열리고 거대한 공동이 나타났다. 그리고 한 명의 엘프와 한 명의 남자가 고개를 숙인 채 정중하게 서 있었다.

남자가 입을 열었다.

"어서 오십시오, 부함장님."

"단번에 알아보는군."

"통과할 때 쓴 코드가 부함장님 것이니까요."

"한데 아직도 작동되고 있었군, ana—572."

"얼마 전 샹카에 문제가 생겨 깨어났습니다, 부함장님."

"앞으론 이름은 부르도록, 안오칠."

"절 그렇게 부르는 분은 아라 님뿐이셨죠."

안오칠로 불리는 ana—572는 인간이 아닌 기계였다.

"얘기는 좀 이따가 하기로 하고. 이 엘프가 당대 관리자인가?"

"그렇습니다. 엘루하입니다, 아라 님."

"엘루하, 이제부터 이곳의 출입을 금한다. 넌 위로 올라가서 샹캬를 관리하도록 해라."

"알겠습니다."

엘루하는 섭섭하다기보단 오히려 편해진 얼굴로 고개를 숙인 후 공동을 빠져나갔다.

"관리가 꽤 힘들었나 보네."

"이곳이 잘못되면 일족도 잘못된다는 걸로 알고 있으니까요. 그리고 최근 상캬 내부를 지키는 방어막이 계속 약해져서 몬스터들의 출현이 잦았습니다."

"네 권한으로 처리가 가능했을 텐데?"

"제 권한은 함정이 손상될 때에 한해서입니다."

"그래? 권한에 대해선 가물가물하네. 그럼 나의 권한은 어떻게 되지?"

"함정의 모든 사람이 죽었기에 지금은 아라 님이 최고 권한자입니다. 물론 메인 컴퓨터의 테스트를 통과하신다면요."

"호호! 역시 그런가? 어렵지 않지. 당장 권한을 얻어야겠어."

"안내하겠습니다."

함정의 입구라 할 수 있는 곳으로 들어가자 메인 컴퓨터가 작동했다.

─어서 오십시오, 아라 부함장님. 하지만 코드만으로 들어갈 권한을 얻을 수는 없습니다.

"안다. 패턴 마법진을 이용하겠다."

─준비하겠습니다.

한쪽 벽이 열리자 그곳에 사람이 들어갈 수 있는 캡슐이 있었다.

아라는 성큼 들어가 캡슐에 기댔고 뚜껑이 닫혔다.

─시작합니다. 마나를 내뿜어 패턴 마법진을 그리십시오.

본래 함정의 권한 획득은 원래 몸이 아니면 불가능했다. 그러나 죽을 때가 되자 사람들은 정신의 전이에 대해 연구를 했고, 성공할 때를 대비해 권한 획득 방식을 바꾸었다.

그에 나온 것이 마나를 이용한 패턴 마법진이었다.

그녀가 과거에 정해둔 패턴을 그리고 나자 메인 컴퓨터가 말했다.

─확인되었습니다. 이제부터 함정의 모든 권한은 함장인 마루 님의 패턴 마법진이 나타날 때까지 함정 기동, 대량 살상 무기, 인공위성 공격…(중략)…등을 제외하곤 아라 님께 주어집니다.

"나머지 권한은 언제 얻을 수 있지?"

─현재 시간부터 10년이 지나면 온전히 가질 수 있습니다.

"좋아! 함정의 상태는?"

─남은 반중력 에너지는 5%로 예전과 똑같습니다.

"개발을 한다고 들었던 것 같은데?"

─아라 님이 떠난 후 마루 님이 취소하셨습니다.

"내가 쫓겨난 이유는?"

─기록에 남아 있지 않습니다.

쫓아낸 후 기록을 지운 게 분명했다.

"대원들이 잠들어 있는 곳으로 가겠다."

─이동합니다.

빛과 함께 수많은 캡슐이 1열로 나열되어 있는 장소로 이동했다. 캡슐에 달린 수많은 장치와 연결된 선들이 어지럽게 깔려 있었다.

가까이에 있는 캡슐을 보자 삐쩍 마른 미라가 들어가 있었다.

"제임스……."

아라는 캡슐 옆에 달린 이름표를 보며 중얼거렸다.

수천 년을 살고도 삶에 미련을 버리지 못한 이들의 무덤이 바로 이곳이었다.

"이들이 이 안에 얼마나 있었지?"

─가장 늦게 죽음을 맞이하고 들어간 이가 정확히 3187년 239일 됐습니다.

"부활에 성공한 이는?"

—이곳에 찾아온 사람은 아라 님밖에 없었습니다.

"찾아올 가능성은?"

—한없이 제로에 수렴합니다.

"화장을 시작한다."

—모두 말입니까?

"그래, 모두. 어차피 정신만 분리해서 그 정신이 사람의 몸을 찾아 들어갈 거라는 이론은 이론에 불과했어."

—알겠습니다. 화로를 작동시키고 화장을 시작하면 12시간 걸릴 겁니다.

아라는 눈을 감은 채 캡슐을 향해 묵념했다.

새로운 별을 사람이 살 수 있도록 헌신하다 떠난 이들에 대한 마지막 인사였다.

9명을 제외하고 다른 대원들에겐 원망도 원한도 없었다.

"치료실로 이동한다."

—이동합니다.

메인 컴퓨터의 말과 함께 치료실로 이동했다.

—어떤 치료를 받으시겠습니까?

"이 몸을 최적화시키고 싶다. 가능한가?"

8서클의 몸을 가진 하디드의 육체는 9서클이 쓰기에 많이 부족했다.

시간이 지나면서 정신과 육체가 하나가 되어 재구성 과정을 거치겠지만 그전에 최적화를 통해 더 뛰어난 육체로 만들어둘 필요가 있었다.

"혹시 두 개의 영혼에 대한 연구 결과가 있나?"

―없습니다.

"하긴, 있을 리가 없나? 있었다면 모두가 3, 4천 년이 넘게 방치되어 있진 않았겠지."

―72시간 예상됩니다. 화장한 재는 어떻게 할까요?

"바다에 뿌려줘. 그들의 재가 새 생명을 탄생시키는 것이 더 빠를 테니까."

―알겠습니다. 캡슐로 들어가십시오.

아라는 옷을 벗었다. 그리고 새하얀 나신인 채로 캡슐로 들어가 누웠다.

"우리가 도착했을 때부터 지금까지의 역사에 대해 알고 싶다."

―가상현실을 준비하겠습니다.

캡슐이 닫히고 마스크가 아라의 얼굴에 씌워졌다. 그리고 파란 액체가 서서히 그녀를 덮어갔다.

62장
폭주

"신녀님은 어디 있느냐!"

멍하니 해가 떨어진 지평선을 보고 있는데 아라교의 신관복을 입은 이들이 다가왔다.

"내가 얘기하겠다."

새하얀 신관복을 입은 여자가 나서자 모두들 한 걸음 물러났다.

기품과 마법 능력을 보니 전임 신녀인 모양이다.

"하디드, 아니, 아라 신녀는 어디 있나요? 죽였나요?"

"…아뇨."

"그럼 어디에 있나요?"

"아라 신이 그녀의 몸으로 강림했습니다. 수도의 대부분 사람들을 제물로 말이오."

"…그 말을 믿으라는 건가요?"

"믿지 않아도 상관없습니다. 어차피 사실이니까."

"그럼 그녀는 어디 갔나요? 갈 곳이 신전밖에 없는 아이예요."

"샹카로 갔습니다. 곧 돌아오겠죠. 난 가봐야겠네요. 더 이상 이곳에 머물고 싶지 않군요."

아라교의 신녀는 아라가 소환되었을 때 사용될 제물이었다.

신녀 교체 과정은 언제든 최고의 제물을 준비하는 과정이었으며 전임 신녀들이 8년간 혼자만의 시간을 가지는 것은 예비용 제물로 대기하는 것이었다.

그렇다고 아라교를 욕할 수 없었다.

그들은 교리에 따랐을 뿐이다. 비록 그러한 행동이 제물을 마련하는 과정이었다고 해도, 어려운 이들을 돕고 치료하라는 교리도 충실하게 이행함으로써 수많은 사람을 살리지 않았는가.

나 역시 그 덕을 봤고.

찾던 네 사람의 기운을 발견하자마자 바로 이동했다.

수도에서 조금 떨어진 곳에 위치한 야산이었다.

"아우스!"

이동하자 아버지가 기쁜 표정으로 불렀다.

"잠깐만 계세요. 두 사람과 얘기하고 올게요."

공중에서 수도 쪽을 보고 있던 두 사람이 아래로 내려왔다.

표정을 보니 이미 결과는 어느 정도 알고 있는 것 같았다. 미헬라는 착잡한 표정으로 물었다.

"…다 죽은 거야?"

"네. 아라교 신전에 있던 사람을 빼곤."

"아……!"

"미헬라!"

비틀거리는 미헬라를 테린이 잡았다.

"부모님을 구해준 보답으로 몇 가지 얘기해 드리죠. 마왕, 아니, 신의 강림을 막지 못했습니다."

"자네와 싸우던 그 여자가 신이라 불리던 자인가? 이름이 뭐였나?"

"아라."

"축복과 치료의 여신, 그 아라 말인가?"

"네. 그녀가 정말로 축복을 내릴지는 아직 모릅니다. 두고 봐야겠죠."

"자네를 살려뒀다면 마왕은 아니지 않은가?"

"전 목숨을 구걸해서 그녀의 대리인이 됐습니다."

"……"

"대리인으로서 말을 전합니다. 발칸은 이제 없습니다. 누가 나라를 세우든 상관없지만 발칸의 이름을 쓰면 그 즉시 내가 멸할 겁니다."

"그게 무슨 말인가? 제국엔 아직 황녀님이 계시네."

"말귀가 어두우시군요. 미헬라를 이용하든 말든 그건 테린 경의 자유입니다. 그러나 발칸 제국은 이제 없습니다. 그 후손 도 없습니다."

대답은 미헬라가 했다.

"…무슨 말인지 알았어."

"플린 왕국에 원정 나간 이들을 불러서 정비하세요. 전쟁은 끝입니다."

"플린 왕국이 가만히 있을까?"

"있을 수밖에 없을 겁니다. 2주입니다. 그동안 내부를 단속 하고 불러들이십시오."

"알았어. 기회를 줘서 고마워."

"고마워해야 할지는 두고 보죠. 솔직히 아직 마음을 정리 못 하고 있습니다."

"네가 대리인임을 인정해."

미헬라는 똑똑했다. 정확히 내가 뭘로 고민하고 있는지 눈 치챘다.

"수도에는 필요한 물건만 가져가고 버려두세요. 그럼 다음 에 뵙죠."

부모님과 함께 이동한 곳은 도란스 삼국이었다.

"이곳은 어디냐?"

"도란스 삼국의 도튼입니다."

"여기서 머물 거냐?"

"할 일이 있습니다. 그동안 여기서 지내십시오. 불편함 없이 해놓겠습니다."

"…위험한 일은 아니지?"

내 품에 안긴 어머니가 손을 들어 내 얼굴을 쓰다듬으셨다.

"걱정 마세요. 황제도 절 건드리지 못하니까요. 일단 집을 구한 후 치료부터 하죠."

8서클 때는 바로 고칠 순 없었지만 지금은 충분히 가능할 것 같았다.

여관에서 하룻밤을 지낸 후 여관 주인에게 물어 집을 중개해 주는 곳으로 갔다.

"어서 옵쇼. …뭘 찾으슈?"

옷차림이 엉망이라 그런지 말투가 곱지 않았다. 그래서 금화를 잔뜩 꺼냈다.

"하하… 어디 가서 험한 일을 당하셨나 보군요. 무엇을 도와 드릴까요?"

금세 저자세로 돌아섰다. 이런 자에게는 그대로 대하면 됐다.

"괜찮은 저택을 구한다. 나와 있는 물건이 있나?"

"그야… 얼마나 지급하느냐에 따라……."

속일 의도로 하는 말이라는 게 빤히 보였다.

도튼은 꽤 유명한 휴양지로 플린, 에스란, 뮤트 제국의 귀족들이 저택을 사놓고 간혹 오가는 곳으로 유명하다. 한데 이번 전쟁으로 얼마나 많은 귀족이 죽었는가.

굳이 이곳으로 온 이유는 지내기 좋은 휴양지이기도 했지만 그러한 이유 때문이었다.

"어설픈 작자로군. 지나가는 길이라 들렀는데. 제국에 가서 사람을 보내 구해야겠군. 네놈은 꼬옥! 기억하고 있겠다."

살짝 살기를 흘리며 자리에서 일어났다.

딱히 괴롭힐 생각은 없지만 마음이라도 불편하게 지내게 할 생각이다.

"…제, 제국에서 오셨습니까? 죄송합니다! 소인이 몰라 뵙고. 어, 어떤 집을 원하십니까? 당장 구해 드리겠습니다."

"집은 크지 않아도 된다. 다만 정원이 넓고 일할 사람들이 있으면 좋겠군."

"마침 좋은 집이 있습니다. 플린 왕국의 자작이 쓰던 저택인데 전쟁 중에 죽어 관리가 되지 않아 매물로 나왔습니다. 마침 일할 사람들도 있습니다. 5,000금 정도면 구매가 가능합니다."

"지금 가보도록 하지."

중개인을 따라가서 집을 살폈다.

2층 저택에 본채와 별채로 이루어져 있고, 정면의 정원은 물론 후원까지 있어 지내기 좋아 보였다.

당장 구매하기로 하고 관청으로 갔다.

20명의 일꾼을 승계하기로 하고 돈을 지불했다.

기록원에는 뮤트 제국의 아우스 드 할트로 기록했다.

"헉! 할트 백작가 분이셨군요."

긴가민가하던 중개인은 사색이 되었다.

"수수료는 얼마인가?"

"괘, 괜찮습니다."

"할트가의 사람이 자네 돈을 떼어먹겠나? 얼마인가?"

"…50금입니다."

"여기 있네. 조용히 지낼 곳이 필요해 구한 것이니 쓸데없이 입 놀리는 일 없도록."

"물론입니다!"

서류들을 들고 다시 저택으로 가 하인과 하녀들을 살폈다. 몇 가지 질문을 하며 알아본 결과, 갈 곳이 없어 별채에서 생활하는 이들로 나쁜 인간은 없어 보였다.

몇 가지 안전장치를 한 후 어머니를 치료했다.

불과 며칠 전까진 찾기 힘들었는데 가볍게 스캔을 하는 것만으로 찾을 수 있었다.

몸의 마나 밸런스가 무너져 있었다.

하단전을 활성화시켜서 중심을 잡게 하고 투명한 문신 마법으로 힘이 강해지게 했다.

아버지에게도 똑같은 시술을 해주고 나니 이틀이 지나 있었다.

"일이 끝나면 모시러 오겠습니다."

"네 엄마도 건강해졌는데 우리가 더 바랄 게 뭐가 있겠느냐. 우린 신경 쓰지 마라."

"부디 무사만 하려무나."

"그럼."

두 사람에게 위안과 안정을 찾는 건 아직까지 무리였다. 함께 지내는 것도 어색했다.

다시 이동한 곳은 에리안의 저택이었다.

"이게 무슨……"

저택 앞의 정원은 마치 군대가 지나간 것처럼 엉망진창이었다.

주변에서 일하던 이들이 깜짝 놀라며 피하려 했다. 그중에 아는 얼굴이 있어 내 앞으로 오게 했다.

"무슨 일이 있었습니까?"

"그, 그게… 그제 갑자기 왕국에서 병사들이……."

휘익! 팅! 티티티팅!

몇 발의 화살이 말하는 일꾼에게 날아왔다가 방어막에 맞고 튕겨져 나갔다.

"대충 알겠군요. 저들은 누굽니까?"

"매스팅 백작님의 사병들입니다. 현재 저택은 매스팅 백작이 차지하고 있습니다."

"자작가의 병사들은… 모두 지하 감옥에 있군요."

"네네."

"말씀 고맙습니다. 멀찍이 떨어져 계십시오."

다시 날아오는 화살들. 그대로 돌아가 병사들을 무력화시켰다.

"놈! 감히 베르나켄 폐하의 충성스러운 병사들을 상하게 하다니! 네놈이 진정 죽으려고 작정했구나."

"네가 매스텅이냐?"

"감히! 당장 놈의 무릎을 꿇려라!"

"넵!"

용기 있게 나선 기사들은 갑작스럽게 누르는 힘에 의해 바닥에 얼굴을 처박했다.

"이, 이게… 웬 요사스러운 술법이냐?"

"술법이면 어떻고 마법이면 어때. 다시 묻겠다. 네가 매스텅이냐?"

"매스텅 백작이다!"

"베르나켄이 뭐라고 전하라고 했어?"

"이놈이 폐하께 감히!"

"훗! 감히, 라는 말을 한 번만 더 쓰면 혀를 뽑아버릴 테다. 그리고 질문에 답 대신 이상한 소리를 하면 그땐 사지 중 하나를 잘라주지. 베르나켄이 나에게 뭐라고 전하라고 했어?"

"이, 이……."

서걱! 툭!

매스팅의 오른팔이 잘려 바닥에 떨어졌다. 뜨거운 열로 순식간에 잘린 부위를 지져 버려 피는 한 방울도 나지 않았다.

"…아악! 아아악! 이 미친놈이 가… 에에액!"

그의 혀가 빠질 듯이 당겨졌다.

"'가' 다음에 무슨 말이 나올까? 묻는 즉시 대답해. 안 그러면 또 사지 중 하나야. 아니, 세 번이나 묻게 했으니 이번엔 목이다. 베르나켄이 뭐라 했지?"

"마, 만일 네… 가 오면 쓸데없는 짓 말고 항복하라고 전하라 했다. 그럼 공작 위를 주겠다고."

매스팅 백작은 혀를 놓아주자마자 입을 열었다.

"그렇지 않으면?"

"그럴 리는 없겠지만 불복을 하면 에리안 남작의 가족은 두번 다시 볼 수 없다고……."

"크큭, 하하하하! 베르나켄이 세상 참 쉽게 살려고 그러네."

예전에 봤을 땐 제법 왕답더니 전쟁을 시작하더니 완전히 미친 모양이다. 아마도 날 막을 수 있다고 생각한 것이겠지.

"그나저나 넌 베르나켄에게 왜 찍힌 거냐?"

"무슨 소리냐? 나는 폐하의 충성스러운 오른팔이다!"

"오크 똥 싸는 소리 말고. 생각해 봐. 내가 여길 떠나기 전에 8서클이었어. 근데 그런 날 잡으라고 널 여기에 놔뒀다? 그건 죽으라는 소리와 진배없어."

"마, 말도 안 되는 소리 마라! 폐하께선 내 힘이 꼭 필요하다고……."

말을 하다 보니 이상함을 느낀 모양이다.

"멍청하고 이용당하기 딱 좋은 인간이군."

"아, 아냐. 그럴 리가 없어. 폐하가 그럴 리가 없어."

"감옥에 갇혀 있는 이들이 네놈들 목숨을 좌우하게 될 것이다. 너, 지하 감옥에 있는 이들을 풀어주고 내 앞으로 데리고 와."

한 명의 기사를 풀어줬고 그는 지하 감옥으로 향했다. 그리고 잠시 후, 프링크 자작가의 기사들과 시엔이 내 쪽으로 왔다.

"아우스 경, 살아계셨군요!"

"시엔, 어떻게 된 일입니까?"

시엔의 설명은 아까 일꾼의 설명과 크게 다르지 않았다.

"다친 사람은 없습니까?"

"에리안 남작님이 아무도 저항하지 말라고 해서 별일 없었습니다."

"저들이 행패를 부리진 않았습니까?"

매스텅 백작을 가리키며 물었다.

"귀족주의 의식이 강하긴 하지만 고지식한 면이 있어서 딱히 괴롭히는 건 없었습니다."

"그럼 맡기고 가도 되겠습니까?"

"팔찌를 채워 감옥에 넣어두겠습니다. 모두 저들에게 수갑을 채우고 감옥에 넣도록."

기사들에게 명령을 내린 시엔이 물었다.

"에리안 남작님을 구하러 수도로 가실 생각입니까?"

"그래야죠."

"아우스 경이 만에 하나 이곳에 오면 에리안 남작님이 전하라고 했습니다."

"뭐라고요?"

"구할 수 있는 힘이 있다면 그때 움직이라고."

하여간, 잡혀가면서도 내 걱정을 하다니. 좋아하지 않을 수 없는 여자였다.

"그렇다면 지금 움직여야겠군요."

"더 강해지신 겁니까?"

"조금 더 강해졌습니다."

"그럼 잘 다녀오십시오."

살짝 고개를 숙이는 것으로 인사를 대신한 후, 왕궁 위로 텔레포트했다.

아래 보이는 왕궁으로 서서히 내려갔다. 이미 각 왕궁과 황궁의 방어막은 나에게는 무용지물이었다.

"에리안과 엔트 할아버지를 어디다가 가둬둔 거지?"

왕궁 내부에는 그들의 기운이 느껴지지 않았다.

"소란을 피우면 아는 사람이 보이겠지. 디스펠!"

왕궁 전체에 마나를 움직이지 못하도록 묶어버렸다. 나를 제외한 어느 누구도 마법을 쓸 수 없는 지역이 되어버린 것이다.

그제야 변고를 알게 된 이들이 여기저기서 튀어나왔지만 난 왕궁의 내궁에 내려섰다.

몇몇 기사가 마법을 쓰지 못하니 검을 뽑고 달려들었다.

"바인드!"

잔디가 자라나 다가오던 기사들의 손발을 묶었다.

그들을 남겨두고 좀 더 걸어가자 익숙한 얼굴의 두 사람이 걸어 나왔다.

타칸 후작과 슈린 백작이었다.

"그 난리에도 살아 있었군, 아우스."

"두 분도 그곳에 있었습니까?"

"나만. 에리안 남작 덕분에 살았네."

"운이 좋으셨군요. 근데 생명의 은인을 잡아가는 경우는 뭡니까?"

"그건 내가 했어요."

슈린 백작이 나섰다.

"그들은 어디에 있습니까?"

"그들은 안전해요. 대신 조용히 물러난다고 약속하면 말해줄게요."

슈린 백작은 내가 베르나켄을 죽이러 올 것을 알고 있었나
보다.

"에리안이 말해줬나 보군요?"

"…맞아요. 플린 왕국을 지키기 위해 어쩔 수 없는 선택이었
어요."

"왕이 죽는다고 플린 왕국이 사라지는 건 아닙니다."

"그렇겠죠. 그러나 제가 모시는 주군이니까요."

"킄킄! 그래서 끝까지 절 막으시겠다?"

"신호를 보내면 언제든 죽일 수 있어요. 간단해요. 약속만
하면 바로 알려줄 거예요. 재산도 영지에 대한 가격도 충분히
쳐줄게요."

"약속을 지키지 않으면?"

"…몇 명은 볼모로 잡아둘 거예요."

"하하! 재미있군요. 좋습니다. 재미난 게임을 해보죠. 슈린
백작이 어떤 선택을 할지 궁금하네요. 쉴드!"

궁의 하늘 위부터 생긴 투명한 막이 플린 시티 전부를 감
쌌다.

"아우스 경!"

"닥쳐! 이제부터 입을 열면 두 사람이라고 해도 가만두지
않아. 묻는 말에만 대답해. 쓰레기 같은 짓을 하고도 왕을 위
해서 어쩔 수 없다고. 좋아, 너희들이 왕을 위해 어디까지 선
택할 수 있는지 두고 보자."

"……."

타칸도 슈린도 입을 열지 못했다.

"첫 번째 선택. 플린 시티의 시민들이냐, 아님 너희들의 알량한 왕의 목숨이냐?"

"설마……? 플린 시티의 시민을 죽이겠다는 건가?"

"똑똑하다고 자부하는 인간이 방금 전에 한 말도 잊어버린 건가?"

짜악!

귀싸대기를 맞은 슈린이 바닥을 뒹굴었다.

"신호를 보낸다고? 할 수 있음 해봐. 만일 에리안과 그 가족에게 문제가 생기면 플린 왕국 전체를 날려 버릴 테니까."

자신들의 기준으로 제멋대로 군다면 나 역시 내 마음대로 굴면 된다.

"다시 묻겠다. 플린 시티 시민이냐! 베르나켄이냐!"

"……."

"조금 전에는 잘도 나불대더니 왜 말을 못 하지? 다시 베르나켄의 충실한 신하라고 말해라. 그럼 당장 플린 시티의 불바다로 만들어 버릴 테니!"

슈린은 입을 꾹 다물었다. 내 눈에서 일어나는 광기를 본 것이다.

발을 들어 그녀를 걷어찼다.

퍼억!

그대로 날아가 내궁의 벽에 부딪히며 멈췄다.

"마지막으로 묻겠다. 플린 시티 시민이냐, 베르나켄이냐! 이번에 대답이 없다면 플린 시티 시민으로 알겠다."

"아우스 경, 그건… 컥!"

입을 여는 타칸을 그대로 차버렸다.

그 역시 슈린처럼 날아가 벽에 부딪혔다.

마법을 사용 못 하면 두 사람 모두 그냥 몸 튼튼한 늙은이에 불과했다.

"당신도 마찬가지야. 생명의 은인을 인질로 만드는 것을 보고만 있었어? 후작이라는 자리가 그렇게 좋아? 8극천? 그냥 나가죽어, 인간아."

"…미안하네."

"미안한 줄 알면 하지 마!"

타칸은 다시 한쪽 구석으로 날아갔다.

슈린에게 다가갔다.

"생각할 시간은 충분히 준 것 같은데. 3초 줄게. 그동안 말해. 삼! 이! 이……."

"시민들은 안 돼!"

"네 가족 때문이겠지. 그게 네가 생각하고 있는 충성심이야."

"……."

모욕은 지금까지 준 걸로 충분했다. 대답을 들었기에 두 사람을 두고 내궁 안으로 들어갔다.

"놈을 막아라! 하압!"

왕국 기사단들은 검을 들고 무작정 달려들었다. 그러나 그들은 투명막에 막혀 다가오지 못하고 내가 걸음을 내디딜 때마다 뒤로 물러났다.

그 상태 그대로 대전으로 밀고 들어갔다.

쾅!

문이 부서지며 밀려나던 기사들은 여기저기로 흩어졌다.

"타칸 후작과 슈린 백작이 설득에 실패했나 보군."

왕좌에 앉아 건방지게 중얼거리는 베르나켄.

"에리안에 대한 애정이 겨우… 헉!"

그를 왕좌에서 끌어내렸다. 그리고 왕좌 앞에 무릎을 꿇게 만든 다음 왕좌로 가 앉았다.

"이, 이놈이! 여봐라, 당장……!"

짜악!

앞에 앉아 있는 그의 뺨을 후려쳤다.

"네가 아직도 왕이라고 착각하는 거냐? 이제부터 넌 인질이다."

으득!

"감히! 이러면 에리안과 프링크가 사람들이 무사할 거라고 생각하느냐!"

"마음대로 해. 타칸과 슈린에게도 말했지만 그들이 조금이라도 다치면 플린 왕국을 지도에서 지워 버릴 거거든. 물론 제일 먼저 이 왕국에 있는 놈들과 그 가족을 갈가리 찢어 몬스터의 먹이로 던져줄 거야."

"그깟 협박이 통하리라 생각하는가?"

"눈이 있어도 제대로 보지를 못하는구나. 예전엔 제법 왕 같더니 내가 잘못 봤군."

"당장 풀어라! 지금까지 저지른 일에 대해선 잊어주겠다. 그렇지 않다면… 푸헉!"

다시 뺨을 강하게 때렸다. 피와 함께 이가 후드득 바닥에 떨어졌다.

"도대체 네놈의 그 자신감은 어디서 나오는 거지? 넌 내 앞에 무릎을 꿇고 있고, 난 방금 전에 네가 앉아 있던 자리에 앉아 있다. 상황 파악이 안 돼? 꼭 팔다리를 잘라야 입을 다물 건가?"

"이, 이……!"

"쓰읍! 이곳에 널 구해줄 사람은 아무도 없어."

살기로 온몸을 옭아매자 그제야 조용해졌다.

"판결에 앞서 몇 가지 묻자. 발칸 시티 주민 500만의 죽음에 대해서 어떻게 생각하지?"

"…전쟁하는 나라 간의 정당한 전략이었다."

"하아~ 그렇다고 하자. 그럼 난 너와 전쟁 중이다. 전략적으로 너와 플린 시티 전체 주민, 둘 중에 하나를 지우려고 한다. 넌 어떤 것을 선택하겠느냐?"

"내가 곧 플린이다!"

"네가 죽겠다는 뜻이냐?"

"…플린 왕국민 한 명이 남는 순간까지 대항할 것이다."

이놈이나 슈린이나 똑같다. 왜 이렇게 말을 빙빙 돌리는 건지.

"알았다. 네가 죽는다니 시민들은 놔두도록 하지."

"아, 아니다."

"네가 살고 시민들을 죽이라는 말이냐?"

"당연하다. 내가 죽으면 플린의 패배로 전쟁은 끝나는 것이니까. 시민들은 안 됐지만……."

"네가 죽으면 전쟁이 끝나는 거였군. 그렇다면 전쟁을 끝내도록 하자."

"그, 그게 말을 실수해서……."

검을 뽑아 그대로 그의 목을 쳤다.

놀란 얼굴을 한 베르나켄의 그 표정 그대로 머리가 목에서 떨어져 계단을 따라 아래로 굴렀다. 그리고 슈린의 발에 걸려 멈췄다.

"…어쩔 생각인가요?"

"글쎄? 왕이 되고 싶은 자 있는가? 타칸 그대가 왕이 되겠는가?"

막상 죽였지만 생각이 없다.

본래 미헬라과 테린에게 준 시간만큼 쉬면서 생각을 정리할 생각이었다. 한데 정리하기도 전에 일을 저질러 버렸다.

후회는 없다. 나를 위험하게 만들었다는 것만으로도 충분히 죽일 만했다.

타칸은 고개를 저었다.

"마탑으로 돌아가 후학이나 키울 생각이네."

"그것도 나쁘지 않겠지. 슈린 당신이 이 왕좌에 앉아보겠는가?"

"관심 없어요. 저도 돌아갈까 생각 중이에요. 한데 플린 왕실은 어떻게 할 건가요?"

"노예가 되어야겠지."

"당신을 위협할 존재는 없을 겁니다. 그러니 자비를 베푸시죠."

"반란의 씨앗을 왜? 내가 그렇게 한가해 보이나? 난 이제부터 플린의 이름을 뭐로 바꿀까 고민 중이야. 그 문제는 일단 내버려 두고 에리안과 프링크가 사람들은 어디 있지?"

"예전 프링크가의 영지 지하에 있어요. 지금 데리고 오라고 하려 했는데 마나가 움직이지 않아 연락이 불가능해요."

"위치만 알면 충분해."

불가능할 것 같았던 피트의 숟가락질 같은 것도 가능하다는 걸 9서클이 된 후 알았다. 또한 아라가 왜 신인 양 행동하는지도 알 것 같았다.

감각은 이미 예전 프링크가로 가서 훑어보고 있었다. 그리고 그들을 발견해 이곳으로 이동시켰다.

"…아! 아우스!"

갑작스러운 상황에 두리번거리던 에리안은 왕좌 위에 있는 나를 발견하고 뛰어왔다.

"무사했구나! 너라면 해낼 줄 알았어!"

그녀는 나를 으스러져라 껴안았다.

"못 해냈어."

"그럼 어떻게?"

"신 혹은 마왕의 대리인이 됐어. 일단 여기 상황부터 일단락 시키고 얘기하자."

"무슨… 아……!"

그제야 베르나켄의 시체를 확인한 모양이다. 그녀는 어두운 표정을 지었다.

"시종장 없나?"

"…말씀하십시오."

구석에 있던 노년의 시종장이 나와서 말했다.

"이곳에 잠깐 머물고 싶은데."

"바로 방을 준비하겠습니다."

"식사도 부탁해."

시종장의 빠른 행동에 에리안과 프링크가 사람들과 조용히 식사를 할 수 있었다.

시종장은 뭔가 바라는 것이 있는지 나를 왕처럼 대했지만 일단은 모른 척했다.

"어떻게 된 거야?"

에리안이 물었다. 그에 발칸 시티에서 있었던 일을 간략하게 설명해 줬다.

"허어~ 아라 님이 소환되시다니……. 마왕이 아닌 게 다행이라고 해야 하나?"

엔트 할아버지는 긴 한숨을 내뱉으며 말했다.

"그러니까 아라 님의 대리인이 됐다는 건데? 대리인이 뭘 해야 하는 거야?"

"몰라. 일단 대기하래."

"골치 아픈 존재의 등장이구나. 그나저나 갑자기 폐하… 를 죽인 이유는 뭐야?"

"너와 할아버지, 자작님을 놓고 협박을 하더군. 약속을 하면 고이 보내주겠다고 했지만 거절했어."

"…왜? 네가 말했던 500만 명의 목숨값 때문에?"

"그것도 있지만 직접적인 원인은 날 위험하게 만든 대가야."

알량한 정의감 때문인지 한때 살았던 곳이고 알게 모르게 맺었던 인연 때문인지는 정확히 모르겠지만 정말 살리고 싶었다.

한데 모두 죽어버렸다.

당시엔 분노에 정신을 잃을 정도였지만 지금은 오히려 나를 위험에 빠뜨렸다는 것에 더 화가 났다.

9서클로 각성해서 나타나는 심경의 변화인지도 모르겠다. 하늘 아래 아라를 제외하고 제일 강하다는 생각 때문인지도.

아무튼 지금 필요한 것은 휴식이었다.

마왕의 소환을 막는다고 움직였을 때부터 지금까지 생각을 정리할 틈도 없이 너무 많은 일이 있었다.

"그래서 어쩔 생각이야?"

"이제부터 생각해 봐야지. 아버님, 혹시 왕 하실래요?"

"내가?"

"네. 반항하는 인간들은 제가 책임지죠."

테트릭 자작은 갑작스러운 제안에 당황하면서도 깊은 생각에 빠졌다. 그리고 한참 후에 말했다.

"내 그릇으론 왕은 무리네. 그리고 힘이 있다고 왕이 되는 건 아니야. 나라를 이루는 건 결국 사람인데 그들이 인정하지 않으면 결국엔 문제가 된다네."

"강압적으로 누르면 됩니다."

"됐네. 그렇게 해서 왕이 되고 싶은 생각은 없네. 난 그저 적당한 귀족 자리로 장사만 할 수 있으면 그걸로 만족하네."

"다들 싫다고만 하니 꽤 골치 아프군요. 그냥 내버려 두면 내전이 일어날 텐데."

"그건 안 되지. 한데 전쟁부터 끝내야 하지 않겠나?"

"2주 후면 발칸은 물러날 겁니다."

"그런가? 그럼 그동안 새로운 왕을 추대해야 할 걸세. 그렇지 않으면 생각보다 혼란이 클 거야. 고위 귀족들도 죽지 않았나."

"생각해 보겠습니다."

천생 상인인 테트릭 자작과 천생 기사인 에리안이라고 좋은 생각이 있는 건 아니었다.

베르나켄이 쓰던 방이 나에게 주어졌다.

에리안과 프링크가 사람들은 왕궁에 머물기 싫다고 영지로 떠났기에 혼자 방에서 보이는 후원을 바라보며 생각에 빠졌다.

이세계의 정치제도를 써볼까도 생각했다. 그러나 조금 더 지나면 모를까, 아직은 대륙엔 맞지 않았다.

왕국민들이 직접 성취하지 않고 어설프게 시행했다간 왕을 하는 것보다 더 귀찮아질 수 있었다.

"그냥 귀족들 모아놓고 물어볼까."

가위바위보 게임으로 왕을 뽑는 장면을 상상하곤 고개를 저었다.

"하아~ 모르겠다. 일단 잠을 자든 쉬어야겠다."

침대에 몸을 던져 뒹굴거리는데 노크 소리가 들렸다.

"들어와."

시종장이었다.

"차를 가져왔습니다. 머리를 맑게 해주는 차입니다."

그는 차를 놓고 밖으로 나가려고 했다.

"시종장, 잠깐 얘기 좀 할까?"

"말씀하십시오."

"나에게 할 말이 있는 것 같은데, 아닌가?"

"생각을 읽는 능력이 있으신가 보군요. 한데 저 같은 자가 무슨 얘기를……."

"싫으면 말고. 하지만 지금 말하지 않으면 두 번 다시 듣지 않을 거야."

그는 잠시 생각을 하다가 각오를 한 듯 말했다.

"제게 죽은 아들 내외가 남긴 손녀가 있습니다. 그리고 그 손녀에겐 아들이 있습니다."

"그런데?"

"그 손녀가 베르나켄의 후궁입니다."

"죽일까 걱정하는 거라면 걱정 마. 아비의 죄를 아이들에게 물을 생각은 없으니까."

"그게 아닙니다."

"그럼?"

"왕이 될 사람이 없다면 제 손자를 왕으로 만드는 건 어떠십니까?"

침대에서 일어나 테이블로 가서 앉았다. 그리고 두 개의 찻잔에 차를 따르며 말했다.

"자세히 들어볼까?"

*　　　*　　　*

시종장 그레이 샤인 남작의 설명은 간단했다.

왕위 계승권과는 거리가 있는 7살 된 그의 손자 루이 드 베르나켄 폰 플린을 왕에 올려 명분은 확보하고 루이 대신에 섭정할 사람으로 내가 앉으라는 얘기였다.

"다른 왕자를 이용하는 것과 다른 점이 있나?"

"외척이 없습니다. 루이의 핏줄이라곤 제 어미와 저밖에 없습니다. 또한 그 아이가 플린 왕가에 대해서 좋지 않게 생각한다는 겁니다."

"이유는?"

"그동안 제 어미와 함께 생명의 위협을 제법 받았습니다. 왕자 중 나이가 가장 많았으니까요."

"베르나켄이 정식 결혼을 하기 전에 그레이 남작의 여식과 사고를 친 거군."

"…그렇습니다."

"베르나켄을 좋아하지 않았군?"

베르나켄을 언급하자 그의 기운은 붉은색으로 바뀌었다.

"…그자는 겉으로 보이는 모습과 달리 어린 시절부터 꽤 사악했죠. 어린 손녀를 겁간하고 아무렇지도 않게 웃던 놈을 좋아할 수는 없었습니다."

"복수를 위해 옆에 있었나 보군."

"아닙니다. 저와 손녀가 괴로워하는 모습을 즐기기 위해 옆에 붙잡아둔 겁니다."

"훗! 골고루 하는군. 좋아, 일단 왕가 사람들을 보고 결정하기로 하지. 모두 몇 명이나 되지?"

"베르나켄이 왕위에 오르자마자 대부분 처리해서 왕가라고 할 수 있는 이들은 왕비와 후궁들 그리고 그 자식들밖에 없습니다. 숙부가 한 명 있긴 한데 북쪽에 작은 남작령을 다스리고 있습니다."

"숙부가 왕위 계승권을 내세울 가능성은?"

"그가 전대부터 지금까지 살 수 있었던 이유는 욕심이 없어서입니다. 세상을 등지고 낚시를 하며 살고 있습니다."

"나중에 보면 알겠지. 한데 혼자 힘으로 왕비와 왕자들을 데리고 올 수 있겠나?"

"타칸 후작과 슈린 백작을 설득해 보겠습니다."

"그러든지."

섭정을 할지, 하게 되면 누굴 시킬지 전혀 결정되지 않은 상태였다. 왕자가 마음에 든다면 그를 왕위에 앉힐 수도 있었다.

일단은 그가 어떤 식으로 두 사람을 설득할지 궁금했다.

그레이에게 신경을 조금 더 집중하자 마치 그의 등 위에서 내려다보는 기분이 들었다.

9서클이면 인간의 경지가 아니라더니 정말 그랬다.

그레이가 먼저 찾아간 것은 슈린이었다.

노크를 하고 들어가자 슈린은 술을 마시고 있었다.

"그레이 남작, 무슨 일인가요?"

"왕국을 위해 드릴 말씀이 있어 왔습니다."

"…왕국을 위해서라고요?"

"그럼 이대로 놔둘 생각이십니까?"

"아우스 경을 죽일 수 있다는 생각을 한다면 포기하라고 말하고 싶네요. 그는 이미 인간이 아니에요. 아마 지금 우리 말도 듣고 있을걸요."

슈린은 처연하게 말한 후 술을 마셨다.

"그를 죽이자는 게 아닙니다. 혼란을 최소화하기 위해서라도 다음 대의 왕을 내세워야 하지 않겠습니까?"

"그가 말하는 걸 같이 들었잖아요. 그는 플린 왕가를 더 이상 인정하지 않아요. 그렇다고 아무나 앉힌다고 혼란이 없어질 거라고 생각하진 않겠죠?"

"루이 왕자님을 앉히면 됩니다."

"루이…… . 당신과 루이 왕자가 어떤 일을 당했는지 잘 알아요. 하지만 루이도 플린 왕가의 왕자예요."

"플린이라는 성을 싫어하는 왕자죠. 아우스 님에게 얘기를 했습니다."

"…그랬더니요?"

"후견을 두고 섭정을 한다는 조건을 걸자 긍정적으로 받아들이더군요. 그래서 두 분의 도움이 필요합니다."

"…전 물러날 거예요. 타칸 후작님도 마찬가지고요. 은혜를 배신으로 갚았죠."

"베르나켄의 명령에 따른 것뿐이잖습니까? 그리고 왕국을 위해서였고."

"난 당신처럼 폐하가 죽었다고 해서 바로 이름을 부를 수가 없네요."

"그래서 왕국민을 버리겠다는 겁니까?"

"버리는 게 아니에요! 내가 할 수 있는 일이 없다는 거예요! 난, 난… 플린 시티와 폐하를 선택하라고 할 때 시민들을 선택했어요. 근데 어떻게 다시 일을 할 수 있겠어요!"

슈린은 감정에 못 이겨 소리쳤다. 하지만 그레이는 담담하게 그녀의 말을 받았다.

"그게 당연한 겁니다. 루이가 왕이 된다고 해도 그 마음 그대로 하시면 됩니다. 국가가 아닌 국민을 위해 도와주십시오."

"……"

"그리고 무엇보다도 왕가 사람들을 살려야 하지 않겠습니까?"

"…그는 자신이 한 말을 지켜요. 죽이지 않는다고 했으니 죽이지 않을 거예요."

"아우스 님이 걱정되는 게 아니라 그들이 쓸데없는 짓을 할까 걱정되는 것뿐입니다."

그레이는 상황 파악이 빨랐다.

맞다. 그의 말처럼 왕비와 후궁들이 있는 곳에 여러 사람이 오가고 있었다.

다만 신경 쓸 이유가 없어서 내버려 두고 있는 거다.

"…어리석은 사람들. 왕궁에 마법을 사용할 수 없도록 한 것만 봐도 그의 능력이 짐작조차 되지 않거늘."

"겪어보기 전엔 같은 일이 반복될 겁니다. 왕비와 후궁, 다음은 귀족들. 그들의 욕심에 수많은 이가 죽게 될 테고요."

그레이는 거의 설득을 했다.

슈린의 감정을 나타내는 기운의 색깔이 긍정적으로 바뀌고 있었다.

"두 분이 나서면 죄 없는 그들을 살릴 수 있습니다."

결정적인 말이었다.

아까 한 말이 있어서 그런지 쉽사리 입을 열지 못할 뿐이지 슈린은 다시 나설 각오를 했다.

"한번 깊이 생각해 보십시오. 타칸 후작님을 설득해 보고 다시 오겠습니다."

슈린의 변화를 느끼지 못한 건지 느끼면서도 말 꺼내기 힘든 그녀의 처지를 배려하는 건지 모르지만 그레이는 물러났다.

그리고 타칸에게 가서 슈린에게 했던 말로 그를 설득했다.

타칸은 슈린보다 훨씬 빨리 설득됐다.

"지금 아우스를 거스르겠다는 건 죽음이야! 막아야 해. 내가 무얼 도와주면 되겠나?"

"슈린 백작님을 같이 설득해 주십시오. 그 다음 기사단과 경비대를 움직여 왕궁을 통제해야 합니다."

"얼른 움직이세. 발칸의 500만의 죽음에 비하면 우리 왕국은 한결 나은 편이지."

두 사람은 슈린에게 다시 들렀고 그녀를 설득할 수 있었다.

확실히 왕궁 기사단장과 왕국 안보국 국장이 나서자 소란스럽던 왕궁은 빠르게 제자리를 찾아갔다.

통제가 이루어지자 그레이는 두 사람에게 내가 왕가 사람들을 데리고 오라 했음을 알렸다.

"지금 상태로는 힘드네. 그것을 지키는 이들은 오로지 왕가 사람들의 명령만 받는 이들일세. 마법 없이 검으로 싸워야 한다면 양쪽 다 피해가 클 걸세."

"두 분이 마법을 쓸 수 있도록 제가 아우스 님께 말해보겠습니다."

"…그럴 필요 없네."

"네?"

"이미 풀렸네. 슈린 백작의 말대로 왕궁은 그의 감각 아래에 있군."

두 사람이 마법을 쓸 수 있게 되자 왕비의 처소와 후궁의 처소를 제압하는 건 순식간이었다.

"타칸 후작! 이게 대체 뭐 하는 짓인가요?"

왕비인 듯한 여자가 부들부들 떨며 외쳤다.

"죄송합니다, 베노버 왕비님. 불필요한 희생을 막기 위함입니다."

"우릴 폐하를 죽인 자에게 데리고 가려는 것이 불필요한 희생을 막는 건가요? 폐하가 돌아가실 땐 도대체 무얼 했나요?"

"…그를 감당할 수 없었습니다."

"목숨을 바쳐서라도 폐하를 구해야 하는 것이 신하의 도리가 아닌가요? 한데 이제는 왕태자와 우리마저 그자 앞에 데리고 간다니… 부끄럽지 않으세요?"

"부끄럽습니다. 그러나 왕비님과 왕자님, 공주님들을 위해서라도 가야 합니다."

"도대체 당신은……"

가만히 듣고 있자니 못 데려오겠다 싶었다. 그래서 그들이 있는 곳으로 이동했다.

화려하다는 말로 표현이 되지 않을 만큼 온갖 보석과 미술품들로 이루어진 궁이다.

갑자기 내가 나타나자 왕비와 후궁들은 흠칫 놀라더니 아이들을 안으며 물러났다.

"그대들이 죄인 베르나켄의 식솔들인가?"

"…폐하는 죄인이 아니다!"

왕비는 원독이 가득한 표정으로 외쳤다.

"500만 명을 죽이는 데 일조한 그가 죄인이 아니라고 말하는 거냐?"

"전쟁 중에 벌어진 일이다."

"평범한 시민들이었다. 너희 같은 여자들도 아이들도 수없이 많았다."

"그러지 않았다면 우리 플린이 당했을 일이다."

"그 남편의 그 부인이군. 좋다, 나와 플린도 전쟁 중이다. 그럼 너흴 죽여도 아무런 문제가 없겠군."

그녀의 품에 있던 왕자는 물론이고 후궁들의 자식들까지 동시에 둥실 떠올랐다.

깜짝 놀란 아이들이 소리를 쳤지만 투명한 막에 갇혀 밖에서는 아무 소리도 들리지 않았다.

"죄 없는 아이들을 죽일 생각이냐! 아무리 전쟁이라도 아이들을……!"

왕비는 그렇게 외치다가 자신이 조금 전 하던 말과 상충하고 있음을 깨달았는지 이를 앙다물었다.

"이중적 잣대 잘 들었어. 너희들의 잣대로 하자면 너흴 내가 죽이든 노예로 만들든 상관없어. 안 그래?"

"……."

"잘 들어. 두 번 얘기하지 않겠다. 너흴 살려두는 이유는 베르나켄과는 별개의 인간이라고 믿기 때문이다. 또한 너희들이 무슨 짓을 해도 막을 수 있는 자신감이 있기 때문이기도 하고. 살려주겠다. 그러나 외딴섬에서 한평생 살아야 할 것이다. 이를 주겠다. 함께 떠날 사람들을 재주껏 모아봐라. 강제할 수는 없다."

아이들을 다시 내려주었다.

"루이란 아이는 어디 있나?"

나는 그레이를 돌아보며 물었다.

"두 사람은 다른 곳에 삽니다."

"방으로 데려와."

방으로 돌아와 30분쯤 기다리자 그레이가 한 여성과 아이를 데리고 왔다.

복장부터 조금 전 봤던 왕비와 후궁들과 달랐다.

수수한 복장에 약간 주눅이 든 표정이다.

"뵙자고 해서 왔습니다. 에밀리아입니다."

"앉아요, 에밀리아 부인. 너도 앉으렴, 루이."

나의 존대에 놀랐는지 그녀는 그레이를 흘낏 봤다가 루이와 함께 자리에 앉았다.

"겁을 줄 생각으로 강압적으로 행동했지만 두 사람에게 그럴 생각 없으니 편하게 해요. 다른 건 아니고 루이를 왕으로 만들까 생각 중이라 몇 가지 묻고 싶어 불렀습니다."

"말씀하시죠."

"루이가 왕이 된다면 가장 먼저 뭘 하시겠습니까?"

"솔직히 말해도 될까요?"

"바라는 바입니다."

"플린 왕가의 모든 핏줄을 죽일 겁니다. 그리고 플린 왕조의 흔적을 지울 겁니다."

무수히 생각했을까. 한 치의 망설임 없이 독기가 가득한 얼굴로 말했다.

"그럼 그 일이 끝난 다음엔 뭘 하고 싶습니까?"

"…없습니다."

"루이, 넌 뭘 하고 싶으냐?"

"…저와 어머니 같은 사람들이 생기지 않는 나라를 만들 거예요."

"너와 어머니 같은?"

"노예나 노예같이 사는 이가 없는 나라요."

그런 나라는 이곳보다 훨씬 발전한 이계에도 없고 힘든 일이 될 거라고 말해주려다 입을 닫았다.

언젠가 누군가가 할 일이라면 이 아이가 시작하는 것도 나쁘지 않다는 생각이었다.

물론 성공할지는 두고 봐야겠지만 말이다.

*　　　*　　　*

루이와의 면담 후 방에서 쉴 테니 아무도 방해하지 말라는 명령을 한 뒤 에리안에게 이동했다.

의식만 두고 있으면 웬만한 거리는 감지가 가능했다.

"깜짝이야!"

샤워를 하고 수건 한 장만 걸치고 나오던 에리안은 갑자기 나타난 나를 보고 화들짝 놀랐다.

"아! 미안."

"미안이라면서 다가오는 이유는 뭔데… 읍!"

대답 진한 키스를 했다. 마침 수건만 걸치고 있어서 옷 벗기는 시간을 아낄 수 있었다.

"…갑자기 이러는 게 어디 있어? 다시 샤워를 해야 하잖아."

가슴에 얼굴을 묻고 있던 에리안이 싫지 않은 표정으로 가볍게 가슴을 치며 말했다.

"죽을 위기를 겪어서 그런가 봐. 막 생각나더라."

"종족 번식의 욕구였구나."

"그럴 리가. 죽기 전에 너의 지금 이런 모습을 한 번 더 보고 싶었을 뿐이야. 종족 번식이 아니라 고귀한 사랑이라고 해야지."

"피이~ 말은."

"와인이나 한잔할까? 왕궁에 주인 잃은 술들이 제법 많더라."

"귀찮게 뭘 하러. 하녀에게 가져오라고 할게."

"그럴 필요 없어."

베르나켄의 방에 있던 와인과 와인 잔이 눈앞에 뿅! 하고 나타났다.

"전에도 그랬지만 더욱 인간 같지 않아졌구나."

"그래도 아라에겐 일방적으로 당했어."

"도대체 얼마나 강하기에……."

"정상적인 상태에선 한 대도 때리지 못할 만큼."

"그야말로 신이구나."

"처음엔 미친 소리를 한다고 생각했는데 막상 내 힘을 쓰다 보니 소설 속 드래곤보다 더 강한 것 같아. 몸은 여기에 있지만 정신은 어디든 갈 수 있어."

"…그래도 인간으로 남아줘."

"인간이야. 아무리 강해져도 결국 죽는 인간. 이런 얘기 그만하고 술이나 마시자."

나란히 침대 등받이에 등을 기대고 앉아 와인을 마셨다.

국왕이 마시던 와인답게 맛이 굉장히 좋았다.

"왕 문제는 어떻게 하기로 했어?"

"베르나켄의 서자인 루이를 왕으로 하고 그를 도울 사람들을 붙여놓을 생각이야."

"에밀리아 후궁의 루이 왕자 말이야?"

"알고 있었어?"

"이래뵈도 왕국 안보국 소속이었어. 지금은 아니지만. 후원자는 누굴 생각하고 있어?"

"타칸과 슈린. 관심 있으면 말해. 자작님을 후견인으로 해

드릴 수도 있어."

"안 하실 거야. 이번 일로 나랏일엔 오만정이 다 떨어지신 거 같아. 그냥 간섭받지 않고 장사만 하실 모양이야."

"공국으로 만들어줄까?"

"아니. 네가 있는데 건드릴 사람이 있을까?"

"그 정도로 괜찮다면 한잔하고 다시……!"

그녀의 가슴을 만지려는데 감시하고 있는 곳에 사람이 다가오는 게 느껴졌다.

"쯧! 샤를, 이 인간도 하루라도 빨리 죽고 싶은 모양이네."

"왜? 무슨 일 있어?"

"젠느의 집에 다가오는 이들이 있어."

"얼른 가봐."

"다녀올게."

옷을 입고 트론벤 마을 별장으로 갔다.

"아우스!"

도착하자 베루가 반가움이 가득한 목소리로 이름을 불렀다.

젠느는 베루와 함께 있었는데 많이 울었는지 눈시울이 붉었다. 거기에 검은색 드레스를 입고 있다.

그녀는 슬픔과 반가움이 섞여 있는 목소리로 물었다.

"플린 왕국에 있다고 들었는데 여긴 어쩐 일이야?"

"이곳으로 다가오는 이들이 있어서. 한데 내가 플린에 있다는 건 어떻게 알았어?"

"네가 플린 국왕을 죽였다는 얘기도 알고 있어. 그리고 지금 오는 이들은 나를 데리러 오는 황실 마탑의 사람들이야."

"아직 하루도 되지 않은 일인데, 어떻게?"

"통신 수단이 마법만 있는 것은 아니잖아."

내가 쳐둔 막은 마법적인 능력과 인간만 막는 마법이었다.

"마법의 시대에 전서구라니, 생각도 못 했군. 한데 황실 마탑 사람들이 왜 오는 거야?"

"…샤를 황제 폐하께서 서거하셨어."

이건 또 무슨 소리람?

그 튼튼하던 8서클 영감이 갑자기 죽어?

놀란 표정을 짓자 내 속마음을 눈치챘는지 설명을 덧붙였다.

"발칸 제국의 비극에 책임을 통감한다고 자결하셨다는데 정확한 건 가봐야 알아."

하아~ 이 늙은이가 뮤트의 이름을 지속시키기 위해 선수를 친 건가?

죽는 순간까지 잔머리다.

그의 죽음이 분노를 완전히 가라앉히긴 못했지만 그래도 마음을 움직였다.

물론 정말로 자결을 했다면 말이다.

"나도 같이 가봐야겠어."

"그래. 해결해야 할 문제도 있을 테니까."

"한데 베루, 다른 이들은 어디에 있는 거야?"

"샹카에서 연락이 와서 모두 돌아갔어."

"샹카의 진정한 주인이 돌아와서 소집령이 떨어진 모양이군."

"어떻게 알았어?"

"이번 발칸 시티에서 있었던 일로 소환된 이가 아라라는 옛 신이거든."

"아! 나도 그녀를 알아. 샹카의 추방자."

"응? 그녀가 추방자였다고?"

"응! 정확한 건 아닌데 무슨 짓을 벌이려 하다가 9명의 위대한 존재들에게 쫓겨났다는 전설이 전해져 오고 있어."

무슨 짓을 하려 했기에 쫓겨났을까.

이런저런 상상을 해보는데 황실 마탑의 마법사들이 다가오고 있었기에 생각을 접었다.

"문 앞이니 지금 나가자. 베루는 이곳에 있어."

"나도 함께 가고 싶은데."

"별로 좋은 모습이 아닐 거야. 계속 지켜보고 있을 테니까 편히 쉬고 있어."

베루는 어쩔 수 없다고 느꼈는지 고개를 끄덕였다.

젠느와 함께 내려가자 마법사 4명이 우리에게 걸어왔다.

"제레미느 백작 부인이십니까?"

"네."

"옆의 분은 함께 움직일 분입니까? 성함이?"

"아우스 백작이에요."

"아……! 자, 잠시만 기다려 주십시오. 이동하려면 30분쯤 걸릴 겁니다."

놀라는 표정을 보니 나에 대해 아는 모양이다.

"내가 하겠습니다. 벤즌 백작님이 있는 곳으로 이동하면 되겠습니까?"

"아… 네네."

"그럼 지금 이동합니다."

말이 끝남과 동시에 6명의 사람은 사라졌다가 뮤트 제국의 내궁으로 이동했다.

"네놈들은 누구냐!"

우릴 보자마자 기사들은 검을 뽑으며 둘러싸려 했다.

"디스펠!"

채채채채채챙!

마나를 묶고 기사단의 검을 바닥에 떨어지게 만들었다.

"모두 멈춰라! 아우스 경에게 무례를 범하지 말라!"

유독 눈에 띄는 검은 정복을 입은 중년인이 걸어왔다. 그리고 무거운 표정으로 고개를 숙였다.

"베이튼 혼 샤를 폰 뮤트라고 하오."

뮤트 제국에서 혼은 '~의 아들'이라는 뜻. 즉, 샤를의 아들 베이튼이라는 얘기였다.

어째 아버지보다 아들이 더 늙었다.

정중하게 나오는데 플린 왕국에서처럼 막나가기가 힘들었다.

"아우스입니다. 샤를은 어디 있습니까."

"놈! 감히 전임 황제 폐하께… 쿠엑!"

큰 소리로 외치던 지긋한 나이의 기사는 얼굴이 일그러지며 공중에서 한 바퀴 돌고 바닥에 쓰러졌다.

베이튼은 인상을 구기며 주변 기사들을 향해 외쳤다.

"나와 아우스 경 사이에 끼어들면 내가 친히 너희들의 목을 벨 것이다!"

엄중히 경고한 베이튼은 나를 볼 땐 다시 저자세가 되었다.

"저 앞에 있소. 부디 죄인의 아들로서 부탁드리겠소. 망자가 편히 잠들 수 있게 해주시오."

역시 시범 케이스가 필요한 모양이다.

베이튼은 샤를을 죄인이라 칭했다.

"일단 봅시다."

살아생전의 화려한 삶만큼이나 화려한 관으로 다가갔다. 뚜껑은 열려 있었고 그 속에 샤를 황제가 눈을 감고 누워 있었다.

"이건 아버지께서 아우스 경에게 전하라고 한 편지요."

건네주는 편지를 읽었다.

…나의 잘못된 판단으로 제국의 수많은 마도사를 잃게 되었음은 물론이고 발칸 제국에 씻지 못할 죄를 지었네. 그에 그 죄를 통감하여 스스로 목숨을 끊음으로써 사죄를 하니 부디 본 제국에 더 이상의 피해가 없기를 간곡히 바라네. 자네와 제레미느의 결혼하는 모습을 보고…….

길게도 썼다.

구구절절한 수사를 빼고 나면 간단했다.

책임을 통감하고 죽겠다.

근데 내가 이걸 보고 눈물이라도 흘릴 줄 알았나?

예전이라면 약간 마음이 흔들렸을 수 있을 것이다. 그런데 지금은 죽지 않았으면 목을 잘라 버렸을 텐데, 라는 생각뿐이다.

500만 명의 죽음을 보고 그들이 내뿜는 감정의 찌꺼기를 느꼈으니 어쩌면 당연한 일이었다.

'확인은 해봐야겠지.'

솔직히 샤를의 죽음이 두 가지 점에서 석연치 않았다.

하나는 권력욕에 미쳐 있는 인간이 자신의 아들에게 황위를 물려주기 위해 자살했다는 점. 샤를이라면 베르나켄과 마찬가지로 제국민 모두의 목숨보다 자신을 챙겼을 위인이다.

다른 하나는 그의 아들이 8서클 마도사가 아니라는 점이다.

지난번에 봤을 때 그는 분명 발칸 제국의 황실과 마찬가지라고 말했다. 그렇다면 죽기 전에 아들에게 물려주지 않았을까.

'큭큭! 이 인간 정말……'

무슨 수를 썼는지 모르지만 죽은 것처럼 보이는 듯하나 죽은 상태가 아니었다. 아주 약하게 피가 돌고 있었다.

바로 심장과 머리에 검을 박아버릴까 싶다가 재미난 생각이 났다.

"귀국의 사자(死者)에 대한 장례 예법이 어떻게 됩니까?"

"황궁 지하에 전대 황제들을 모시는 곳이 있소. 절차를 끝내고 그곳으로 옮길 생각이오."

"한 가지 물어봅시다. 산 사람이 중요합니까? 죽은 사람이 중요합니까?"

"무슨 의도인지 모르지만 주검에 따라 산 사람보다 중요할 때가 있는 법이오."

"그럼 질문을 바꾸죠. 당신의 목숨이 중요합니까? 죽은 사람이 중요합니까?"

"…질문의 의도가 무엇이오?"

"간단합니다. 여기까지 와서 그냥 가긴 뭐 하고 화장을 시켰으면 합니다. 싫다면 당신이 황제들이 모여 있는 곳으로 들어가면 돼요."

"……."

"아우스! …그러지 마. 베이튼 황태… 황제께선 좋은 분이셔."

젠느가 슬픈 표정으로 외쳤지만 무시했다.

"뭐, 그게 싫다면 당신 목숨 대신 크라운 시티의 시민이라
도 괜찮아요. 자! 다시 문죠. 장례 예법을 바꾸겠어요, 아님
크라운 시티를 무덤으로 만들겠어요?"

젠느의 말이 맞는다면 답은 정해져 있었다.

"…장례 예법을 바꾸겠소."

"그럼, 그걸로 만족하죠. 태우는 건 내가 해도 되죠?"

"…물론이오."

베이튼은 샤를 황제가 살아 있다는 걸 모르고 있었다. 오
직 두 명, 기사단장과 시종장만이 알고 있었는지 그들의 표정
은 흙빛이 되었다.

"자! 마음껏 가시는 분에게 예를 표하십시오. 난 빠져 있겠
습니다."

신전의 교주가 주관하는 장례 미사는 지루하기 이를 데 없
었다.

볼거리는 하나뿐이었다.

시종장이 베이튼에게 샤를의 죽음이 가짜라는 것을 알리
는 장면.

놀라 허둥지둥하며 날 바라보는 그를 향해 빙긋 웃어줬다.

절차가 거의 끝나갈 때쯤, 베이튼이 옆으로 와서 앉았다.

그가 입을 떼려 하기 전에 내가 먼저 입을 열었다.

"어차피 깨어나도 죽습니다. 그럼, 장례 절차를 다시 한 번 할 겁니까?"

"…꼭 그래야겠소?"

"그를 죽이지 않으면 황제가 될 수 없을 텐데요?"

"……."

"듣지 않은 걸로 하세요. 당신이 괴로워할 필요 없어요. 그래도 살리고 싶으면 그렇게 해요. 그땐 뮤트라는 이름은 사라질 거니까."

베이튼은 더 이상 말하지 않고 일어났다. 그리고 큰 소리로 외쳤다.

"생전 좋아하시던 후원으로 가서 화장을 하겠다. 다른 사람들은 오지 말도록. 아우스 경, 옮겨주겠소?"

"그러죠."

관을 들고 후원으로 향했다. 왜 샤를이 좋아했는지 알 수 있을 만큼 아름답게 꾸며진 곳이었다.

"죽기엔 딱 좋은 곳이군."

적당한 곳에 관을 내려놓고 누워 있는 샤를을 향해 중얼거렸다.

"정말로 자결했으면 깔끔했을 것을."

도망가지 못하게 작은 구멍이 뚫린 막을 씌우고 불을 붙였다. 혹시 깨어날 것 같아 취한 조치였는데 그럴 필요가 없었다.

어떤 식으로 깨어나려 했는지 모르지만 그대로 재가 되어
사라졌다.

                    *   *   *

─신체 재구성이 끝났습니다.

캡슐에 있던 점성 있는 액체가 빠지고 마스크가 벗겨지자
아라는 눈을 떴다.

─어떤 옷으로 준비해 드릴까요?

"평상복으로 준비해 줘."

─알겠습니다.

벽의 한쪽이 열리며 수건과 옷이 나왔다.

몸을 닦은 아라는 몸에 착 달라붙는 옷을 입었다.

"배가 고프네."

─어떤 것으로 준비해 드릴까요?

"예전에 먹던 걸로. 그나저나 혹시 내가 추방된 이유를 알
수 있나?"

대부분의 기억은 되찾았지만 몇 가지는 어렴풋했다. 그중
하나가 자신이 추방된 이유였다.

─추방되었다는 기록만 남아 있습니다.

"기억을 되찾을 수 있는 방법은?"

─본래 아라 님의 몸이라면 뉴런을 분석해 가능하지만 전혀

다른 몸이기에 확신할 수 없습니다. 식사가 준비되었습니다.

"차츰 기억이 나겠지."

치료실에서 사라진 아라는 식당에 나타났다.

한때 수없이 많은 동료와 함께 식사를 했던 곳은 이제 혼자뿐이었다.

식탁 한 곳에 김이 모락모락 나며 음식이 준비되어 있었다.

식사를 하면서 아라는 과거부터 지금까지의 역사 중 특이한 사건에 대해 물었다.

"천 년 전에 있었던 에너지 방출 사건에 대해 아는 대로 얘기해 봐."

─영상이 있는데 보시겠습니까?

"그래."

대답과 함께 영상이 나왔다.

─측정 불가의 에너지와 함께 소규모의 웜홀이 생겨나는 장면입니다.

메인 컴퓨터의 설명대로 산으로 보이는 곳에 갑자기 거대한 검은 원이 만들어졌다. 그리고 잠시 후 그곳에서 코피를 줄줄 흘리며 한 여자가 튀어나왔다.

그 여자를 본 아라의 눈은 더 이상 커질 수 없을 만큼 커졌다.

"마, 말도 안 돼. 저 복장은……!"

─맞습니다. 확대해서 보면 지구, 대한민국의 2100년대의 초

능력 부대 복장입니다.

"어, 얼굴을 확대해 봐."

여자의 얼굴이 확대됐다.

"…송미나."

아라는 혼잣말처럼 한 사람의 이름을 중얼거렸다.

―기록에 남아 있는 송미나 님의 얼굴과 99.9퍼센트 일치합니다.

송미나는 엄청난 초능력자로 대한민국이 사라질 위기에 처하자 날아오는 십여 발의 수소 폭탄을 막다가 산화한 것으로 되었다.

한데 당시 죽은 게 아니라 이세계로 이동이 된 것이고 그걸 직접 확인하니 놀랄 수밖에 없었다.

이어지는 영상은 쓰러진 미나가 몬스터에 의해 위기에 처했을 때 웬 남자가 나타나 구하는 장면이었다. 그리고 화면은 꺼졌다.

"그녀에 대한 영상은 더는 없나?"

―그렇습니다. 당시 그녀가 빠져나온 웜홀에서 방출된 에너지가 이 행성에 퍼질 때 이상이 생겼습니다.

"고칠 방법은?"

―현재로선 없습니다. 이동 마법진마저 고장 난 상태라 비행체를 만들어 수리 로봇을 올려 보내야 하는데 재료가 부족합니다. 물론 재료야 명령을 내리시면 이제부터라도 만들 수 있

습니다. 다만 집행 위원 9명 중 5명의 허가가 필요합니다.

"지금의 내 명령으로 가능하지 않나?"

―이 일은 초창기 권한 설정으로 집행 위원이 소지하고 있던 카드가 필요합니다.

"집행 위원의 카드라……. 집행 위원들이 정착한 곳이 어디지?"

그들을 찾아내 죽인 것은 기억이 나는데 그 위치는 기억이 나지 않았다.

―그건 권한 밖입니다.

"마루 녀석! 잘도 갖가지 권한을 걸어놨네."

짜증이 났지만 상관이 없었다. 시간은 많았고 시킬 사람도 있었다.

아라는 정신을 집중해 아우스를 찾았다.

63장
첫 번째 임무

　2주가 넘게 프링크 영지와 트론벤 마을을 오가며 아무 생각 없이 쉬었다.

　그동안 플린 왕국은 루이가 왕이 되었고, 뮤트 제국은 베이튼이 황제가 되었다.

　루이가 크기 전까지 섭정을 맡을 사람은 타칸과 슈린으로 정해졌다. 다른 사람에게 맡기려 해도 맡길 사람이 없었다.

　내가 그들에게 원한 건 죽은 왕과 황제 때문에 살아난 신의 명령에 절대복종하라는 것 하나였다. 그 외에는 알아서 하라고 맡겼다.

　트론벤 마을 호수에 배를 띄우고 그 위에 누워 하늘을 보다 졸다가를 반복하고 있었다.

정말 한없이 게을러지고 싶었는데 원 없이 즐기고 있었다.

점심 식사는 예전 '바람이 머무는 곳'의 셰린의 여관에 가서 먹고 다시 배로 돌아왔다.

"식사를 했더니 또 졸리네. 하암~"

늘어지게 하품을 하고 눈을 감으려 할 때 특이하지만 익숙한 기운이 다가오는 게 느껴졌다.

"쩝! 휴식은 끝인가?"

그렇게 중얼거리고 있는데 기운이 내 몸에 잠시 머물다가 사라졌다. 그리고 이어지는 아라의 목소리.

[해줘야 할 일이 있다.]

"신탁이라면 당연히 해드려야죠."

[과거 10명의 신이 대륙 곳곳에 자신의 신전을 만들었다.]

"신의 주검이 있는 얼음 성 같은 곳 말입니까?"

[그렇다. 그곳을 찾아 회수해야 할 물건이 있다.]

"위치만 알려주신다면 당장 회수해서 갖다드리도록 하겠습니다, 신이여~"

[아직도 이죽거릴 힘이 남아 있는가 보네.]

눈치 하나는 기가 막히다. 아니, 내가 너무 티 나게 말한 것이 틀림없다.

"절대 아닙니다!"

[이번 한 번은 그냥 넘어가기로 하지. 그리고 위치를 안다면

내가 갔다 왔겠지. 모르니까 널 찾은 거다.]

"네에? 그, 그럼 이 넓은 대륙을 전부 뒤지란 말씀입니까?"

[할 일이라도 있나? 아님 하늘에 이를 만큼 높은 성을 만들라고 해줄까?]

"하하… 당연히 뒤져야죠. 대신 기간은 넉넉하게 주셔야 합니다."

빌어먹을, 꼼짝없이 대륙을 돌게 생겼다.

[9곳 중 4곳만 찾으면 되니까 4년 줄게.]

40년을 줘도 찾을 수 있을까 말까인데.

"알겠습니다. 노력해 보겠습니다."

[찾으면 연락하도록.]

"어디로 말입니까?!"

대답은 없었지만 그냥 그녀의 기운을 느끼고 말하면 된다는 걸 알 수 있었다. 뭔가 우리 둘 사이에 연결이 된 느낌이다.

"후우~ 족쇄까지 찬 건가?"

생각해 보면 족쇄가 없다고 해도 도망 다니는 건 불가능하니 족쇄랄 것도 없었다.

"이 기회에 느긋하게 세계가 얼마나 넓은지 구경이나 하러 다녀야겠다. 그나저나 그녀들이 허락해 줄지 모르겠네. 아님, 같이 다니자고 할까."

바로 젠느에게로 이동했다.

"혼자 다녀와. 대신 일주일에 한 번씩은 꼭 들르고."

"웬일이에요? 순순히 허락을 다해주고. 게다가 혼자 다녀오라니……."

"신이란 존재의 명령이라며? 안 갈 수 있어?"

"아니."

"나도 같이 가고 싶은데 나라의 주요 인물들이 다 죽는 바람에 나라가 뒤숭숭해져서 움직일 수가 없어. 조만간 수도에 가야 할지도 몰라. 다녀와."

베루는 더 간단했다.

"우린 위대한 존재의 명령을 거부할 수 없도록 되어 있어. 조심히 다녀와. 내가 따라가면 젠느의 기분이 좋지 않을 거야. …기다리고 있을게."

젠느를 생각하는 마음이 예쁘다.

더 이상의 여자는 없다는 약속을 두 여자에게 하고 나서 베루와 밤을 함께했다. 그때부터 베루는 간혹 말을 하다가 얼굴을 붉혔다.

그 모습이 꽤 귀엽다.

"다녀올게."

진한 키스 타임을 갖고 에리안에게 이동했다.

"같이 다니고 싶은데 공장을 다시 재가동시켜야 해서 정신이 없어. 이동 능력 알고 있으니까 일주일에 한 번이라도 들러."

"…나 가도 돼?"

세 여자가 이제 내가 지겨워졌나?

"응. 한가해지면 그때부터 같이 다니자. 나 이만 사람 구하러 가봐야 해. 조심히 다녀. 강하다고 쓸데없는 짓 하지 말고."

쪽!

입을 맞추기 무섭게 에리안은 뛰어갔다.

너무 순순히 허락하니 솔직히 좀 서운했다.

"좋게 생각하자."

주렁주렁 달고 다니는 것보다 혼자 가는 게 더 편하긴 할 것이다.

잠시 멈춰 서서 어디로 갈지 고민했다.

그냥 하늘 높이 올라가서 동대륙 쪽으로 넘어갈까 생각하다가 마음을 바꿨다.

너무 강해지니 평범한 사람처럼 행동하고 싶어진다고 할까. 소설책 속 드래곤이 유희를 즐기는 이유를 알 것 같았다.

"사십 대 중반에 마법은 5서클, 검술은 엑스퍼트급 용병이나 기사 정도가 딱 좋겠어. 강하지도 약하지도 않고 여자 꼬일 일도 없고."

얼굴이 스륵 변하더니 제법 날카로워 보이는 40대 중반의 남자로 바뀌었다. 그리고 그대로 한때 존슨으로 살았던 발칸제국의 무역항인 하란으로 이동했다.

유희는 동대류에서 할 것이다.

"여긴 여전하네."

마을에서 제법 떨어진 바닷가로 이동을 한 후 천천히 항구 쪽으로 향했다.

전쟁이 이곳까지 닿지 않았는지 예전과 크게 달라진 건 없어 보였다.

'일꾼들 중에 보폴스에서 넘어와 이곳에 정착한 사람들이 있었지.'

항구 쪽으로 가니 일을 하는 사람도 많았지만 일거리를 찾느라 어슬렁거리는 이들이 있었다.

"혹시 이곳에 동대류 출신 있나? 내 보폴스로 넘어가기 전에 물을 것이 있는데. 시간당 10은씩 주지."

"제가 보폴스 출신입니다!"

"저, 저도 보폴스……."

"전 동대류의 포볼리아 출신입니다."

세 명이 손을 들었다.

"다들 따라오게. 술이든 밥이든 일단 먹으면서 얘기하도록 하지."

세 명은 웬 떡이냐 싶었는지 부리나케 따라왔다.

"식사들 하면서 답하게. 혹시 보폴스 글을 알고 있는 사람 있나?"

두 사람이 손을 들었다. 그중엔 포볼리아 출신이라는 이십

대 중반쯤 되는 이도 있었다.

"포볼리아와 보폴스 언어가 같나?"

"중앙 대륙의 언어는 모두 동일합니다. 과거 하나의 제국에서 파생되었거든요."

"그래? 자넨 어쩌다가 이곳까지 왔나?"

"보폴스와 포볼리아의 국지전 중에 노예가 되었다가 여기까지 흘러왔습니다."

"혹 마법을 익혔는가?"

"한때 아카데미를 다녔습니다."

"음, 그럼 나에게 말과 글을 가르쳐 줄 수 있겠나? 틈틈이 동대륙의 역사나 지리 따위도 말해주면 좋고."

"물론입니다!"

"자네는 보폴스에서 뭘 했나?"

"평민이었습니다. 그, 그래도 글은 압니다. 이리저리 주워들은 얘기도 많고요."

"훗! 그럼 이리저리 주워들은 얘기나 해주게. 마지막으로 자네는?"

누가 뺏어 먹기라도 하듯 열심히 먹고 있던 중년인은 쭈뼛거리며 말했다.

"노, 노예였습죠."

"아는 거는 있나?"

"망해 버린 귀족가에서 살다가 팔려 넘어온 것이라 다른 건 잘 모릅니다요.”

“그럼 그 귀족가 얘기는 할 수 있겠군?”

“물론입죠! 하인 하녀들의 숫자까지도 빠삭하게 알고 있습니다요.”

망해 버린 귀족가에 대한 얘기는 2시간 30분 만에, 이리저리 주워들은 얘기는 3일 만에, 말과 글, 역사적인 이야기는 2주 만에 끝을 낼 수 있었다.

“2주 만에 보폴스의 말과 글을 다 익히다니 대단하시군요.”

“자네가 잘 가르쳐 준 덕분이지.”

대부분은 뛰어난 기억력 덕분이었지만 2주간 열심히 가르쳐 준 그의 공로도 있었다.

“자! 10금 더 넣었네.”

“감사합니다!”

“그럼 또 다른 인연이 있다면 보세.”

사내와 헤어진 다음, 그동안 틈틈이 준비한 물건들이 든 아공간 가방을 챙겼다.

이로써 보폴스로 떠날 준비는 완료됐다.

본래 배를 타고 느긋하게 갈 생각도 했는데 배를 타면 닷새 넘게 항해를 해야 한다고 해서 포기했다.

일단 서대륙이 한눈에 들어올 정도의 높은 하늘로 이동했다.

넓은 바다 너머의 동대륙이 보였다.

자세히 보일까 싶어 집중하자 눈에 망원경이라도 달린 듯 바로 보는 곳이 확대됐다.

"일단 발칸과 무역을 하는 항구도시에서 신분패부터 먼저 구해야겠지?"

세 사람이 해준 얘기들은 돈이 아깝지 않을 만큼 꽤 쓸모가 많았다.

이동해야겠다고 생각하는 순간 보폴스 트리바 항구도시의 외곽 숲으로 몸이 와 있었다.

"아 참! 살짝 검은 피부와 수염이 이곳 귀족들의 스타일이라고 했지."

생각과 함께 수염도 원하는 대로 자랐다.

거울을 만들어 수염을 깔끔하게 다듬고 나서야 숲을 빠져나왔다. 조금 걷자 항구와 건물들이 보였다.

"음, 이국은 이국이네."

서대륙과는 모양, 생김새, 색깔이 다른 건물들과 동대륙─동대륙 사람들은 자신들의 대륙을 중앙 대륙이라 부름─특유의 옷차림이 신기했다.

'골목으로 들어가 두 개의 손이 교차된 간판을 찾으라고 했지.'

신기함도 잠시, 신분패를 사기 위해 정보 길드를 찾았고 오래지 않아 찾을 수 있었다.

딸랑!

문을 밀며 들어가자 청량한 차임벨이 내가 왔음을 가게 주인에게 알렸다.

"어서 오세요. 무엇을 도와 드릴까요?"

"신분패를 사러왔소."

"…음, 누구의 소개로 오셨습니까?"

"옛날에 가게를 이용했던 사람이지 누구겠소."

"어떤 계급의 신분패가 필요하시오?"

"기사 정도면 되오."

"기사라면 100금부터 시작됩니다만 원래 신문패를 팔면 더 싸게도 가능합니다."

"쯧! 40금에 사서 100금에 팔다니 바가지군. 70금. 그 이상은 안 되오. 아님 항구 가까운 여관에서 직거래를 하는 수밖에."

"75금. 그 이하는 안 팝니다."

"알았소, 75금. 대신 귀족용 신분패도 구경이나 해봅시다. 마음에 동하면 사게."

"잠시만 앉아 기다리십시오. 곧 사람이 가지고 올 겁니다."

의자에 앉아 기다리자 꼬맹이 한 명이 들어와 뭔가를 놓고 후다닥 도망갔다.

"도착했습니다. 확인하시죠."

두 개의 신분패. 하나는 기사용이고 하나는 남작용인 모양이다.

'음, 서대륙과는 조금 다른 방식이군.'

금방 원리를 파악했다.

"패트릭 올란. 이름도 괜찮구려. 나이도 적당하고."

"손님의 나이에 맞게 가져온 겁니다."

"자! 여기 있소. 75금. 좋은 거래였소. 참! 가짜면 후회하게 될 거요."

"가짜를 만들 수 있으면 좋겠습니다. 한데 남작 패는 필요 없습니까?"

"남작 패를 들고 다니다가 무슨 낭패를 보려고. 수고하시오."

정보 길드를 나와 옷가게에 들러 준귀족에 맞는 옷을 몇 벌 샀다. 그리고 바로 대장간에 들렀다.

"쓸 만한 무기 하나 주게."

신분패까지 얻었으니 이제 준귀족 흉내를 내야 했다.

"어떤 무기를 찾으시는지?"

"가장 흔한 검으로 주게."

"저쪽 벽에서 골라보시죠."

일꾼이 가리키는 곳을 보자 갖가지 무기들이 있었다. 그중에 보폴스에서 가장 흔히 쓰는 종류를 골랐다.

"이건 얼마인가?"

"5금입니다."

값을 치르고 대장간을 나와 마방에 들렀다.

"어서 오십시오, 나리! 어떤 말을 찾으십니까?"

"잠깐 둘러봐도 되겠는가?"

"물론입죠. 마음에 드는 놈으로 골라보십시오."

수십 마리의 말이 있었는데 말을 살펴보는 척하며 말에게 의지를 발했다.

'앞발을 들어봐.'

이히히히힝!

한 마리 말이 앞발을 들고 울부짖었다.

"허어~ 이놈이 왜 이래. 나리가 마음에 드나 봅니다, 하하하!"

"그런가 보군."

시치미를 떼고 몇 가지 테스트를 해봤고 간단한 명령은 내릴 수 있음을 알게 됐다.

"마차도 있는가?"

"뒤뜰에 있습니다. 중고이긴 한데 고급스러운 것도 제법 됩니다."

길바닥에서 자긴 싫었고, 간혹 서대륙에 다녀올 때 통로로 이용할 생각으로 두 마리의 말이 끄는 마차를 구입했다.

"그럼 본격적인 유랑 여행을 시작해 볼까."

높은 마부석에 삐딱하게 앉아 고삐를 쥐었다. 그리고 기분 좋게 외쳤다.

"이랴!"

　　　　　*　　　　　*　　　　　*

　무역항 하란에서 포볼리아 사람에게 말과 글을 배우며 어떤 식으로 신(?)들이 머물던 곳을 찾을까 고민했었다.

　그에 한 가지 방법을 생각했는데 바로 전설 혹은 신화를 통한 찾기였다.

　지금 전설을 연구해 책으로 펴내길 바라는 학자라 소개하고, 마을의 나이 든 노인에게 얘기를 듣고 있는 중이었다.

　"…그때 타우론 산맥에 살던 거대한 검은색 드래곤이 나타나 우리나라를 구했다네."

　"타우론 산맥은 어떤 곳입니까?"

　"드래곤족이 살았다는 전설의 산맥이지."

　"…그렇군요. 다른 얘기는 또 없습니까?"

　"글쎄, 기억이 더 이상 안 나네. 전설 학자 양반, 더 도와줬으면 좋겠는데 기억이 안 나서 어쩌누?"

　주름이 쭈글쭈글한 노인은 더 기억나는 게 없다며 미안해했다.

　"아닙니다. 이거 몇 푼 안 되는데 손자분이랑 맛있는 거 사 드세요."

　그에게 몇 푼 쥐여주고 자리에서 일어났다.

　"타우론이라… 그런 지명이 있는지 찾아봐야겠어. 드래곤이 나오면 꼭 그곳이 언급된단 말이야."

지금까지 세 곳의 마을을 지나오면서 전설 학자 흉내를 내며 노인들의 옛이야기를 들었다.

내용도 다르고 황당무계한 것도 많았지만 타우론 산맥은 몇 번이고 언급되었다.

산들을 돌아볼까 생각했지만 워낙 많고 넓어 더 자세히 알아야 할 필요가 있었다.

'일단 도시로 가서 전설과 관련된 책과 지도를 구해봐야겠어.'

방향을 정한 후 마차를 매어둔 여관으로 향했다.

"울프, 얼마나 더 내면 되나?"

"패트릭 경, 이제 가시려고요?"

"알 건 다 알았으니 가야지."

"어디로 가시려고요?"

"이번엔 산을 넘어서 도시로 가보려고."

"지오 백작의 영지 말씀입니까?"

"응. 거기 가서 그동안 모은 자료 정리도 해야지."

"그러시군요. 4은 정도 받아야 하지만 그냥 가서도 됩니다."

"그럴 수야 없지. 여기 10은. 나머지는 아이들 맛있는 거나 사주게."

"허허, 감사합니다. 참! 잠시만 기다리십시오. 몇 가지 챙겨 드리겠습니다."

그는 부엌으로 들어가 빵과 감자 따위를 한 보따리 챙겨서 나왔다.

"고맙네. 인연이 되면 또 봄세."

여관 뒤뜰로 나가자 며칠 새 살이 오른 말 두 마리가 한가로이 건초를 먹고 있었다.

"요놈들아, 이제 그만 가자."

마치 내 말을 알아듣기라도 한 듯 먹는 것을 멈추고 마차 쪽으로 가서 섰다.

여행을 할 때마다 이런저런 명령을 내리다 보니 요즘은 말 잘 듣는 강아지처럼 잘 따랐다.

굴레를 씌우고 마부석에 앉자 알아서 출발했다.

"헉헉! 어르신! 어르신!"

마을을 벗어나기 직전, 한 청년이 소녀의 손을 잡고 헐레벌떡 뛰어오고 있었다.

아까 여관에서 얼핏 본 청년이었다.

마차를 세우고 물었다.

"왜 그러는가?"

"어르신, 염치 불고하고 부탁이 있습니다. 지오 백작령까지 가시면 동행할 수 있겠습니까? 마차 삯이라기엔 턱없이 부족하겠지만……."

청년은 은화 몇 개를 내밀었다.

"무슨 일 때문에 가려는 건데?"

"그게… 동네에 이 아이를 호시탐탐 노리는 패거리들이 있어서."

크면 미인이 될 얼굴이긴 하다.

"백작 영지라고 딱히 다를 것도 없을 텐데?"

"병사로 지원할 생각입니다. 제발 부탁드립니다. 마을 촌장과 경비대장의 아들이라 도망가기도 쉽지 않습니다. 제발……."

거짓말을 했으면 무시하려고 했는데 진실을 말하니 마음이 움직였다.

"돈은 필요 없으니까, 타. 이제부터 잡일은 네 몫이다. 알았냐?"

"가, 감사합니다! 알겠습니다!"

마차에 탄 소녀가 내부를 보고 놀랐지만 무시하고 말을 몰았다.

성문을 지나고 잠시 후 인기척이 느껴졌다. 여섯 놈이 풀숲에 엎드려 있었다.

"너희들, 무기 들고 나오는 순간 한평생 병신으로 살아야 할 거다. 고작 여자애 하나 때문에 일생을 망치고 싶은 놈이 없길 바란다."

간단한 경고와 함께 살기를 실어 보냈다.

마차가 놈들이 숨은 곳을 지나갔음에도 아무도 나오지 않았다. 대신 바람과 함께 꾸릿한 똥 냄새가 솔솔 풍겼다.

"으~ 더러운 새끼들. 고작 그깟 살기도 못 이기는 주제에

습격을 한다고. 바보가 되진 않았겠지?"

살기가 좀 강했나 보다.

오늘의 살기를 기억한다면 평생 허튼짓은 하지 않을 것이다.

"음~ 음음~ 으음~"

콧노래를 부르며 한참을 가다가 산이 보이는 곳에 이르렀다. 넘어갈까 하다가 내일 아침에 넘기로 하고 큰 나무 밑에 마차를 세웠다.

"쳇! 잡일을 한다는 녀석이 잠들었군."

시키는 게 더 귀찮은 일이긴 했다. 그러나 공짜 밥을 먹이는 버릇을 들이면 안 된다.

"일어나서 땔감이나 구해 오너라!"

남자애의 귀에만 들리게 소리쳤다.

"…네?! 네네!"

땔감을 해 올 때까지 나는 저녁으로 먹을 음식과 냄비 따위를 꺼내놓고 기다렸다.

"더 가져오겠습니다."

한 아름 들고 와 내려놓더니 다시 뛰어가는 청년.

"바보는 아니군. 파이어!"

적당한 양의 땔감으로 모닥불을 만든 뒤, 스프와 두어 가지 요리를 만들었다.

"워터! 씻고 동생을 깨워라."

물방울을 만들어주자 놀라면서도 얼른 씻더니 동생을 깨우
러 갔다.

"…아까는 제대로 말씀도 못 드렸네요. 감사합니다, 어르신."

소녀는 낯설어하면서도 구해준 건 아는지 꾸벅 인사를 했다.

"패트릭이니 패트릭 님이나 패트릭 경이라고 불러라."

"네, 패트릭 님."

"너희는 이름이 뭐냐?"

"전 올해 16살인 티바이고 앤 13살인 티에입니다."

"그렇구나. 며칠 동안이지만 잘 지내보자. 먹으라 할 때 먹
고, 쉬라고 할 때 쉬면 된다. 알겠지?"

"네!"

"먹으려무나."

두 사람의 그릇에 음식을 나눠주자 두 남매는 부리나케 먹
었다. 그동안 많이 못 먹은 건지 내가 스프를 먹기 전에 다 먹
어버렸다.

"많으니 알아서 먹어라."

"아, 아닙니다."

"난 이걸로 충분해. 남으면 버릴 거다."

버린다는 말에 남매는 서로를 보더니 서둘러 음식물을 처
리했다.

"그릇은 제가 닦아서 오겠습니다. 땔감 주울 때 보니 냇가
가 있더라고요."

"됐다."

5서클로 유희 중이니 설거지는 물방울을 만들어서 해도 충분했다.

"와아~ 이게 마법인가요?"

물방울이 그릇을 닦는 걸 본 티에는 신기하다는 듯 물었다.

"그렇지. 암흑 계열을 이용한 거란다."

"신기해요."

"너희도 꽤 마법에 재능이 있는 것 같은데 언젠가는 할 수 있을 거다."

"정말요? 이런 게 가능해요?"

"배우면 가능하지. 난 누워 있을 테니 너희는 하고 싶은 거 해라. 단 너무 멀리 떨어지진 말고."

마차 위에서 접이식 의자를 내려 그 위에 눕고는 어느새 어두워진 밤하늘을 봤다.

밤하늘을 화면 삼아 아라와의 싸움을 되짚어봤다.

틈이 날 때마다 하는 일이었는데 아직까지 상상 속에서도 그녀를 이겨본 적이 없다.

'음, 도대체 뭐가 문제일까?'

뒤를 잡는 비결을 도무지 알 수가 없다.

돌 두 개를 공중에 띄워두고 연습을 해봐도 마찬가지. 생각을 하며 밤을 샌 적도 있었지만 쳇바퀴 돌듯이 앞으로 나아가지 못했다.

'분명 마나를 다루는 특별한 비법이 있어. 그러지 않고서
야……'

"오빠! 타깃팅을 제대로 해야지! 무작정 휘두르면 하나도 못
맞히게 되잖아."

그때 티에의 말이 귀에 꽂혔다. 그리고 '타깃팅'이라는 말에
머릿속에 느낌표가 떴다.

'정확한 지정!'

좌측 돌과 우측 돌을 정확하게 A돌, B돌로 정하고, A돌에
게 B돌의 위로 올라가라고 의지를 발했다. 그리고 즉시 B돌
은 A돌의 위로 올라가게 만들었다.

A돌이 위로 올라가는 순간, B돌은 A돌의 위로 올라갔다. 그
리고 그 순간 A돌은 다시 B돌 위로 올라갔다.

"아! 성공했다."

비밀은 정확한 타깃팅과 명령어의 차이였다.

A돌엔 'B돌의 뒤를 변화에 맞춰 위를 잡아라'는 명령이 전
해졌고, B돌은 예전 나처럼 A돌의 변화를 보고 바로바로 명령
을 내린 것이다.

즉, A돌에 한 번의 명령을 내려놓으면 B돌이 어떻게 해도
A돌보다 빠를 수 없었다.

'그렇다면 같은 명령을 내리면?'

A돌과 B돌에게 같은 명령을 걸자 두 돌은 아예 움직이지

않았다.

모순이 발생하면 아예 작동을 하지 않는 모양이다.

"하하하! 이렇게 간단한 것을 끙끙거리고 있었다니."

아이디어를 준 티에에게 선물로 사탕이라도 줄 생각으로 남매가 있는 마차 뒤로 갔다.

티바는 티에가 던지는 작은 돌 조각을 몽둥이로 맞히려 하고 있었다.

"어두운 데서 뭐 하냐?"

"아! 패트릭 님. 휴식을 취하는데 방해를 했나 봅니다. 죄송합니다."

"괜찮다. 아직 이유를 말하지 않았구나."

"…백작 영지로 가 병사가 될 때를 대비해 연습을 하고 있었습니다."

"괜한 헛짓 말아라. 괜스레 쓸데없는 버릇만 생겨서 나중에 고치기 더 어렵다."

"그, 그렇습니까?"

"당연하지. 지오 백작 영지에서 뭘 가르치는지는 모르지만 병사들은 창술을 주로 배운다."

"…그렇군요."

티바는 실망했는지 나무 몽둥이를 들고 있던 손을 축 늘어뜨렸다.

"티에야, 조금 전 너의 말에 아저씨가 아주 중요한 걸 깨달

왔단다. 선물로 사탕을 주려 하는데 먹을래?"

"…저… 사탕 대신 다른 걸로 주시면 안 될까요?"

"빵? 우유? 두툼한 고기?"

"먹을 건 필요 없어요. 오빠에게 검을 가르쳐 주세요."

멍청한 거야, 멍청한 척하는 거야?

떨떠름한 표정으로 티에를 보자 얼른 티바가 나섰다.

"패트릭 님, 애가 아무것도 몰라서 하는 소리입니다. 사탕
하나면 충분합니다. 죄송합니다."

동생을 뒤로 감추며 안절부절못하는 걸 보니 괜스레 내가
나쁜 놈이 되는 기분이다.

'얻은 거에 비하면 검술쯤이야.'

"알았다. 가르쳐 주마."

"…정말이십니까?"

"서대륙의 검술인데 쓸 만할 거다. 각인!"

내가 완성시켰던 루시의 집안 검술에 대한 생각이 티바에
게 날아가 그의 머릿속에 자리를 잡았다.

가르친다고 했지만 일일이 설명할 생각은 없다.

"헉! 이, 이게 무슨……"

"시간이 날 때마다 똑같은 자세로 연습을 해라. 그럼 네 하
단전 역시 활성화될 것이다. 똑같이 하지 않으면 소용없다. 그
리고 티에, 자! 이건 덤이다."

사탕까지 몇 개 던져주고 다시 접이식 의자에 누웠다. 마나

를 이용하는 하나의 방식을 알아냈으니 여러 가지 실험해 볼 것이 있었다.

*　　　*　　　*

마차 안에 있는 침대는 당연 내 차지였다.

남매는 모닥불 옆에서 잤다. 배낭은 줬다. 난 관대한 사람이니까.

"흑흑!"

마차 밖으로 나가자 티바는 아주 천천히 검술을 펼치고 있었다. 이미 두 시간 가까이 훈련을 해서인지 땀범벅이었다.

'제법이네.'

본래 일찍 일어났지만 연습하는 소리에 침대에서 뒹굴거리다가 나왔다.

"패트릭 님, 일어나셨습니까? 검은 여기 있습니다."

몽둥이를 들고 연습을 하기에 검을 빌려줬다. 아침에 일어나 연습한 것이 검을 돌려주기 위해서였나 보다.

"헤어지기 전까진 네가 가지고 있어라. 땔감은?"

"이미 해뒀습니다."

"알았다. 연습이나 해라."

퉁명스럽게 말하는 것도 쉽지 않았다.

아침을 만들었고 완성할 때쯤 티에를 깨웠다.

"쯧! 그런 몰골들로 마차 안에서 뒹굴 생각은 아니겠지?"

"…씻고 오겠습니다."

"됐다. 그대로 서 있거라."

커다란 물방울 두 개를 만들어 두 사람에게 씌웠다. 그리고 빨래하듯이 물을 움직이게 만들었다.

깨끗했던 물이 뿌옇게 될 만큼 지저분했다.

두 번 씻기고 난 후에야 비로소 사람다운 몰골로 바뀌었다.

"신기해요, 패트릭 님!"

"아무리 그렇게 봐도 이건 그렇게 금세 가르칠 수 있는 게 아니다. 곧 출발할 테니 아침이나 먹어라."

"네~ 한데 패트릭 님은 참 친절하신 것 같아요. 요리도 잘하시고요, 헤헤헤!"

애들은 본능적으로 자신에게 잘해주는 사람을 알아채는 모양이다.

퉁명스럽게 말한 것이 무색하게 헤헤거리며 말했다.

"티, 티에! 패트릭 님께 실례되는 말은 하면 안 되지!"

"괜찮다, 티바. 어린애가 한 말에 신경 쓸 만큼 속이 좁진 않다."

어색한 상태에서 식사를 마치고 마차에 올랐다.

"이제부터 산길이니 조금 덜컹거릴 거다. 잘 잡고 넘어지지 않도록 해라."

아이들에게 경고를 해준 후 산길로 말을 몰았다.

꾸불꾸불 능선을 타고 올라가는 산길은 생각보다 훨씬 잘 닦여 있었다. 오른쪽 옆으로 낭떠러지만 없었다면 여느 길과 다르지 않았다.

그 덕분에 심심해졌다.

"너희 중 혹시 옛날얘기 아는 거 있냐?"

"…제가 옛날에 어머니에게 들은 이야기를 알아요."

티에가 마부석 쪽으로 난 창을 보며 말했다.

"그럼 앉아서 해봐라. 심심하다."

"네, 바로 시작할게요. 아득한 옛날, 땅은 여전히 어둡고 하늘은 땅이 내뿜는 연기로 가득 차 있을 때 하늘에서 10명의 신이 내려왔대요."

프라 신전의 성스러운 경전에 나오는 창세기였다.

이미 읽은 거지만 읽을 때와 들을 때 다른 걸 느낄 수도 있기에 내버려 뒀다.

"그래서?"

"아무것도 없는 세계를 불쌍하게 여긴 신들께서는 이 세계를 인간이 살기 좋은 곳으로 바꾸기로 했대요. 마루 신께선 바위로 가득한 세계를 위해 자신의 몸의 일부로 불타는 땅을 흙으로 만들기 위한 생명체를 만들었대요. 아라 신께선 비를 오게 해서 땅을 식히셨고…(중략)…마지막으로 프라 님의 입에서 꺼낸 씨앗을 땅에 떨어뜨리자 거대한 세계수가 생겨났고 그때부터 땅은 인간이 살기 좋은 곳으로 바뀌었다고 하네요."

이곳 중앙 대륙 지역은 '프라'라는 이름의 이계인이 지내던 곳이 아닐까 생각했다.

포폴스 지역의 옛이야기를 듣다 보면 가장 많이 언급되는 이가 '프라'였다.

"재미있구나. 다른 얘기는 없느냐?"

"프라 님이 위기에 처한 포폴스를 위해 드래곤을 보내주신 얘기가 있어요."

"들어볼까?"

역시 알고 있는 얘기였지만 듣기로 했다.

한창 듣고 있는데 산의 꼭대기 부근에서 소란스러움이 느껴졌다. 하는 얘기를 들으니 산적이 지나가는 상단을 덮친 모양이다.

어떻게 처리할까 하다가 짐 덩어리 중 한 명을 좀 더 남자로 만들 필요가 있을 것 같았다.

"티바."

"예, 패트릭 님!"

"너 병사가 될 거라는 마음, 아직 변함이 없나?"

"네, 그렇습니다."

"좋아. 그럼 산적이 나타난 것 같은데 네가 처리할 수 있도록 해라."

"…제, 제가요? 그, 그건 불가능합니다. 전 어제야 겨우 검을 잡아……."

"그럼 그냥 죽을래? 누가 네 동생을 지킬 건데? 병사가 되면 저절로 지켜져? 네가 한 번도 검을 안 잡았다고 말하면 산적들이 '네, 그냥 내려가세요' 그렇게 말할 것 같아?"

"…아뇨."

"그럼 네가 해결해. 동생은 내가 다치지 않게 보호해 줄 테니까."

말을 하는 사이, 싸우고 있는 현장이 보이기 시작했다. 산적의 수가 많았지만 상단 사람들은 살기 위해 악착같이 싸우고 있었다.

용병대장은 머리가 있는 자인지 길목에 마차를 쌓아서 수적 열세를 만회하고 있었다. 그러나 꽤 위태위태해 보였다.

"저기, 마차가 오고 있다! 도와줄 사람들이 있을지 모르니 버텨라!"

상단을 이끄는 용병단의 단장으로 보이는 사내가 산적 한 명을 베어낸 후 소리쳤다.

"들었지? 네가 도와주길 기다린단다. 나가봐."

"아, 안 돼요! 오빠를 살려주세요, 패트릭 님."

"시끄럽다. 넌 자고 있어라."

막 울면서 소리치려는 티에를 잠재웠다.

"…제가 죽으면 동생을 돌봐주실 수 있겠습니까?"

"장난하냐? 네 동생은 네가 책임져."

티바는 굳은 얼굴로 동생을 보더니 검을 들고 마차에서 내렸다. 그리고 산적들과 싸우고 있는 상단이 있는 곳으로 뛰어갔다.

"뭐야? 꼬맹이 하나뿐이잖아! 빌어먹을! 마차에 앉아 있는 자가 더 강한 것 같은데."

티바는 막상 달려갔지만 피가 튀고 잘린 팔과 목이 뒹굴고 있는 것을 보자 욕지기와 함께 구토가 치밀었다. 그와 함께 손과 발이 쉴 새 없이 떨렸다.

그의 행동은 당연했다.

애초에 깡이 있었다면 마을을 탈출할 생각보다 괴롭히는 놈들과 진즉에 결판을 냈을 것이다.

"꼬맹이, 뒤를 조심해!"

때마침 한쪽이 무너지면서 산적이 넘어왔다. 그리고 티바에게 다가와 도를 휘둘렀다.

용병대장은 눈을 찌푸렸다. 그의 눈엔 영락없이 죽을 것처럼 보였기 때문이다.

당장 두 토막 날 것 같던 티바. 한데 돌연 그가 고개를 숙이며 도를 피하더니 검을 쭉 뻗었다.

으득! 푹!

가슴뼈를 부수고 들어간 검이 적의 심장을 찔렀다.

검을 잡고 있는 팔로 그 감각이 그대로 느껴지는지 티바의 얼굴이 묘하게 구겨졌다.

한데 그게 끝이 아니었다.

심장이 찔린 산적을 발로 걷어차 다가오는 산적에게 보낸 후 왼발을 내디디며 빙글 돌아 검으로 두 번째 산적의 목을 벴다.

푸슉!

뿜어져 나오는 피를 손을 들어 막은 티바는 이미 죽은 두 사람을 지나 산적들에게 뛰어들었다.

"허어~ 평범한 꼬맹이가 아니었군!"

단숨에 두 명의 베어버리는 실력에 용병대장은 놀라면서도 이길 수 있다는 희망을 가졌다.

무너지려던 상단의 방어막이 티바가 날뛰기 시작하면서 무너지지 않았고 오히려 산적을 몰아붙였다.

"저놈을 죽여라!

티바의 손에 다섯 명이 죽자 산적들은 위험하다고 생각했는지 티바를 먼저 죽이려는 듯 달려들었다.

티바는 십여 명의 산적이 다가옴에도 거침없이 산전들을 베어갔다. 마나를 다룰 수 있는 것도 아님에도 한 번의 움직임으로 대여섯 개의 무기를 피했고 검을 휘두르며 둘씩 전투 불능으로 만들었다.

거의 이겨가고 있는데 웬 꼬맹이 한 명이 나서면서 상황이 역전되자 산적 두목은 대기 중이던 마법사에게 명령했다.

"마법사, 놈을 죽여!"

4서클 마법사는 사실 그리 숙련된 마법사가 아니었다. 하지만 파이어 볼 정도는 금세 만들었다.

"파이어 볼!"

파이어 볼이 티바에게 날아왔다.

티바는 그대로 무릎을 꿇으면서 땅을 굴러 마법을 피한 후 마법사를 향해 빠르게 다가갔다.

"이익! 시, 실… 켁!"

전투에 능한 마법사라면 충분히 대응할 수 있었을 것이다.

위협을 느낀 마법사는 실드를 치려고 했지만 티바가 좀 더 빨랐다. 그의 검이 마법사의 입에 박혔다.

"실패다. 후, 후퇴하라!"

두목의 말에 산적들은 일제히 등을 돌리고 도망갔다. 티바가 안도의 한숨을 내쉴 때 그의 의지와 상관없이 바닥의 돌을 주웠다.

그리고 두목을 향해 던졌다.

쉬익! 퍼억!

도망가던 두목의 머리가 마치 폭죽처럼 터져 버렸다.

상단 사람들은 그 모습을 멍하니 보고 있었다.

가장 먼저 정신을 차린 용병대장은 얼른 명령을 내렸다.

"모두 정신 차려라! 부상자들을 모아 치료부터 해야 한다!"

용병대장의 말에 모두 무기를 내려놓고 주변을 돌며 다친 이들 모았다.

한데 배에 검상을 입은 환자에게 다가가려 하자 하얀빛과 함께 찔린 상처가 아물었다.

당장 죽을 것 같았던 용병은 눈을 끔벅거리며 자신의 배를 봤다.

"치료 마법! 마법사님이……."

두리번거리던 용병대장은 마차에 앉아 있는 나에게 다가왔다. 눈치를 챈 모양이다.

"귀인께서 도와주셔서 감사합니다."

"우연히 지나는 길에 도와준 것뿐이니 신경 쓰지 마시오. 티바! 언제까지 거기 멍을 때리고 있을 거야."

"…네, 네… 어어?"

그의 몸을 움직이던 힘을 제거하자 그는 힘없이 바닥에 주저앉았다.

"오늘 일을 꼭 기억해라. 네놈이 사는 동안 많은 도움이 될 것이다."

마치 스승이 제자에게 혼내는 것처럼 들렸을까. 용병대장이 말했다.

"훌륭한 제자분을 두셨군요."

"제자는 아니지만 그나마 조금 쓸 만하군요."

몸을 뺏기고 멍청하게 있더니 마지막엔 그래도 자신의 힘까지 쓰려고 했다는 건 높이 사줄 만했다.

"…허허, 아직 어린 데도 저런 실력인데. 앞날이 기대되는 젊은이군요."

"글쎄요, 그렇게 될지……. 아무튼 살아 있는 사람 중에 아
픈 사람은 더 없는 것 같으니 우린 가보겠소."

말을 하면서 다친 이들의 치료를 마쳤다.

"잠시만 기다리십시오. 죽은 자들만 정리한 후에 답례라
도……."

"괜찮소. 죽은 자들의 가족을 위해 쓰시오. 천천히 정리하
고 조심히 내려가시구려."

꾸벅 인사를 하는 용병대장을 뒤로하고 말을 움직여 나아
가 티바 옆에 섰다.

"언제까지 앉아 있을 생각이냐. 안 갈 거냐?"

"가, 갈 겁니다."

티바는 후들거리는 다리를 겨우 추스르며 일어났다.

"일단 씻어라."

물방울을 만들어주자 티바는 얼굴과 몸을 깨끗하게 씻었
다.

"…도와주셔서 감사합니다."

"고마워할 일인지는 두고 보자꾸나. 들어가서 쉬어라. 점심
먹을 때 깨우겠다."

산을 내려가는 내내 뒤척이던 티바는 겨우 잠들었다. 내가
움직였지만 그의 근육을 쓴 거라 아마 지금 몸이 천근만근일
것이다. 그러나 얼마 되지 않아 비명을 지르며 일어났다.

"아악! 하악, 하악!"

"시끄럽다! 병사가 될 놈이 산적 몇 죽인 걸로 호들갑은. 네가 죽이지 않았다면 상단 사람들은 물론이고 네놈과 네 동생도 죽었을 거다."

"…알고 있습니다."

상황에 따라 다르지만 제정신을 가진 사람이라면 첫 살인에 대한 섬뜩함에 며칠간 고생할 것이다.

그건 저 애가 극복해야 할 일이었다.

티바는 지오 백작 영지로 가는 내내 음식을 제대로 먹지 못했다. 먹으면 토했고 검술을 연습하다가도 산적을 죽인 동작이 나오며 움찔거렸다.

내버려 뒀다. 결국 이겨내지 못하면 도태될 수밖에 없는 사회에 살고 있으니 이겨낼 것이다.

자신의 동생을 위해서라도.

지오 백작 영지를 앞두고 마지막 점심을 먹었다.

홀쭉해진 얼굴로 허겁지겁 피 떨어지는 고기와 스프를 먹는 모습을 보니 극복했나 보다.

그 모습을 보다가 다소 냉랭하게 말했다.

고작 나흘을 같이 생활했다고 마음이 찡하다.

"검술은 시간 날 때마다 정확하게 해라. 그럼 언젠가 마스터가 될 수도 있다."

"감사합니다. 한데… 한동안 패트릭 님을 따라다니면 안 되겠습니까?"

"응, 안 돼. 너희와의 인연은 영지까지야."

단호하게 잘랐다. 내가 한가하게 저들을 챙겨주고 다닐 팔자는 아니다.

에리안이나 젠느에게 데려다줄까도 했지만 냉정해지기로 했다.

"자! 이건 내가 마지막으로 주는 선물."

돈주머니를 하나 던져줬다.

"몇 달간 작은 방을 빌릴 정도는 될 거다. 그 다음부턴 병사가 되든지 도둑이 되든지 동생과 잘 살아라."

"…평생 잊지 않겠습니다."

"잊어라. 어차피 난 너희들이 알고 있는 사람이 아니니까."

"…네?"

"이게 본모습이 아니라는 소리다. 다 먹었으면 일어나자. 외성까진 데려다주마."

점심을 먹고 난 후에 백작 영지로 들어가 두 아이를 떨어뜨려 주는 것으로 인연을 끝냈다.

"감사합니다. 프라 님의 은총이 같이하시길."

"너희들도."

내가 사라질 때까지 고개를 숙이고 있던 아이들은 내가 완전히 보이지 않자 그제야 움직였다.

"하여간 인연을 만들면 피곤하다니까."

두 아이를 감각에서 지웠다.

사실 지난 이틀 동안 두 아이의 중단전까지 뚫어줬다. 그것만으로도 짧은 인연의 대가로 충분히 해줬다.

마차를 세울 수 있는 여관을 찾아 마차를 맡기고 방을 얻었다.

"혹시 이 근처에 역사서나 전설과 관련된 책을 파는 곳이 있는가?"

"외성엔 하루 벌어 하루 먹고사는 이들이 태반인데 언감생심 책을 읽겠습니까. 내성으로 가보십시오. 그곳이라면 있을 겁니다."

"고맙네."

여관 주인에게서 정보를 얻은 후, 내성 문으로 가자 신분패 검사를 했다. 아무 문제 없이 통과를 하고 물어물어 책방을 찾을 수 있었다.

"헐헐~ 뭘 찾으시오?"

나이 든 노인이 책을 읽고 있다가 물었다.

"신화나 전설과 관련된 책을 찾고 있습니다."

"허어~ 그런 책은 찾기 힘들 거요. 얼마 전 왕실에서 대대적으로 그런 책들을 찾았거든. 우리 책방에도 와서 오래된 책은 모조리 걷어갔소이다."

"허어~ 왕실에서요?"

"그렇다더군요. 음, 책을 사 가는 사람도 왜 그런 책을 모으는지 잘 모르는 모양이더라고. 전국을 돌아야 한다고 투덜댔으니까. 백작님의 서재까지 몽땅 뒤져서 가져갔다는 말도 들리더이다."

왕실에서 신화와 전설과 관련된 책을?

"그렇군요. 이거, 연구할 것이 있어 구하려 했는데 하필이면 이때 그런 일이……."

"신화와 전설에 대해 연구하는 학자도 모으는 것 같더이다. 수도로 가보면 오히려 더 많은 책이 모여 있으니 연구하기도 쉽지 않겠소?"

꽤 솔깃한 얘기다.

잘만 하면 귀찮게 돌아다니지 않고 한 곳 정도는 찾을 수 있을 것 같았다.

"그럼 수도로 가봐야겠군요. 말씀 감사합니다."

"끌끌~ 연구 잘하길 바라오."

책방에서 나온 다음 잠깐 생각을 정리했다.

"기사 다음엔 학자인가. 준비해야겠어. 그래도 왕실과 관련된 일인데 어설프게 연기해선 곤란하지."

일단 철저하게 준비를 한 후 수도로 가기로 하고 여관으로 향했다.

*   *   *

보폴스 왕국의 수도 보폴스 시티.

언덕 위에 왕궁이 위치해 있다는 걸 제외하곤 다른 도시와 마찬가지로 내성, 외성으로 이루어져 있는 전형적인 구조의 도시다.

다만 도시화가 진행되며 외성 밖 좌우로 있는 산에 여러 지역에서 몰려든 이들이 집을 짓고 살게 되면서 멀리서 보면 병풍처럼 보인다고 해서 병풍 시티라는 별칭으로 불리기도 한다.

외성 북쪽.

인부들이 오래된 건물의 구조를 변경해 새로운 형태의 건물을 만들기에 여념이 없었다.

"완공일까지 일주일 남았다. 서둘러라! 성공을 하면 상을 내리겠지만 해내지 못한다면 그땐 따끔한 벌이 내려질 것이다!"

일꾼들을 다그치는 작업반장의 목소리에 오후가 되면서 느릿해진 일꾼들의 발걸음이 다시 빨라졌다.

멀찍이 떨어진 그늘에서 그 모습을 지켜보던 젊은 여성이 중얼거렸다.

"학자들은 몇 명이나 모였지?"

그녀의 뒤쪽에 허리를 구부리고 있던 이가 종종걸음으로 다가와 말했다.

"109명이 모였다고 합니다. 한데 그들 중 전설과 신학을 전공한 이들은 서른 명이 안 됩니다."

"지금까지 쓸모없는 학문으로 취급을 받았으니까 아무래도 그렇겠지. 지금부터라도 대우를 잘해주도록 해. 반드시 필요한 이들이니까."

"알겠습니다!"

"주변 나라에서 데려오는 것도 하루라도 빨리 추진하도록 하고. 참! 책은?"

"사흘이면 모두 도착할 겁니다. 그리고 상인들에게 은밀하게 주변국에서 사 모으라고 해뒀습니다."

"고생했구나."

"당연한 일입니다, 공주 전하."

피아 B 아르몬 폰 보폴스. 그녀의 풀 네임이다.

"우리 왕국을 중앙 대륙에서 우뚝 서게 만들어줄 일이니 한 치의 어긋남도 없어야 할 거야."

피아 공주는 완성되어 가는 연구소를 보며 혼잣말처럼 중얼거렸다.

숙적이라고 할 수 있는 포볼리아와의 전쟁으로 남쪽의 기름진 땅을 가진 세 개의 영지를 잃고 북쪽의 쓸모없는 영지를 하나 얻게 되었을 때만 하더라도 초상집 분위기였다.

세 개의 영지 중 하나는 보폴스 왕국의 식량 창고라 불릴 만큼 식량 생산량이 많은 곳이었다.

그에 대한 분노로 병사들이 북쪽 영지에 있던 오래된 사원을 부숴 버렸는데 거기서 하나의 장치와 한 권의 책을 얻게 되었다.

　뭔지 몰랐다가 책을 보고 고대의 무기라는 걸 알게 됐다. 그리고 그 무기로 인해 단 5일 만에 잃었던 세 개의 영지를 되찾을 수 있었다.

　범위를 지정하고 피아만 구분시키면 그 다음부터 알아서 적들을 죽였다.

　만약 그 장치의 에너지가 떨어지지 않았다면 포볼리아를 정복할 수 있었을 것이다.

　'그 책에 나와 있는 신이 잠든 곳을 찾아낼 수만 있다면 중앙 대륙 전부를 다스리는 대제국도 가능해. 아니, 어쩌면 모든 대륙을……'

　그녀가 아닌 오빠가 다스릴 땅이었다. 그러나 땅이 넓어진다면 그녀에게도 기회는 있었다.

　"돌아가자… 응? 저자는 누구지?"

　궁으로 돌아가려는데 짓고 있는 연구소를 서성이는 누더기 차림의 사내가 보였다.

　그는 등에 입고 있는 옷만큼이나 낡은 배낭을 메고 있었는데 얼마나 많은 것이 들었는지 터질 것같이 빵빵했다.

　그녀의 오른팔인 세네카가 다시 다가왔다.

　"알아볼까요?"

　"연구소를 보는 모습을 보니 왠지 뭔가를 알고 있는 눈치구나."

"바로 알아보겠습니다."

세네카는 피아 공주의 시선을 가릴까 빙글 돌아 사내에게 다가갔다.

"이봐, 거기."

세네카의 부름에 사내가 고개를 돌렸다.

먼지 가리개로 얼굴의 절반을 가리고 있어서 정확한 나이를 가늠하긴 힘들지만 눈빛을 보니 젊어 보였다.

"…무슨 일이십니까?"

사내는 세네카의 복장과 눈빛을 보고 정중하게 대답했다.

"지금 보고 있는 저 건물이 뭐 하는 곳인지 알고 보는 건가?"

"글쎄요, 짐작하기엔 전설과 신화를 연구하게 될 곳 같은데 아닙니까?"

"어떻게 알았나?"

"전 대륙의 전설과 신화를 연구하시던 패트릭 경의 제자입니다. 이번에 돌아와 전설 관련 책을 구매하려는데 누군가가 모두 사 갔다고 하더군요. 그래서 알아봤습니다."

"패트릭?"

"패트릭 올란. 보폴스의 기사 출신입니다. 1년 전에 풍토병으로 돌아가셨습니다."

"패트릭 경이 신화와 전설에 대해 공부를 했는데 자네가 그의 제자라는 말이군? 이름이 뭔가?"

"그렇습니다. 포브스입니다."

"포브스, 하면 수도는 웬일인가?"

"혹시 책을 볼 수 있을까 하고 왔습니다. 찾는 책을 도무지 구할 수가 있어야지요. 그래서 수도로 왔습니다. 혹 불편하셨다면 돌아가겠습니다."

양손을 허벅지에 대고 고개를 숙이는 보폴스식 인사를 하고 돌아서는 포브스를 보고 외쳤다.

"잠깐 기다리게. 혹시 책을 볼 기회가 있을 수 있으니 잠시만 기다리게."

주변국에서라도 학자를 데려와야 하는데 제 발로 찾아온 학자를 그냥 보내기엔 아까웠다.

"아, 네."

세네카는 얼른 돌아가 포브스에 대해 피아 공주에게 알렸다.

"학자라… 부족한 학자가 나타난 건 좋은데 꽤 공교롭지 않나?"

"그렇게 생각하실 수도 있겠군요. 일단 감옥에 가두고 알아볼까요?"

"그보다 더 간단한 방법이 있지. 저자와의 식사를 준비하게."

"아! 알겠습니다."

공주와 식사를 하려면 깨끗이 씻고 옷까지 갈아입어야 가능했다. 그럼 그가 씻는 동안 배낭을 살펴보라는 지시나 다름

없었다.

세네카는 포브스에게 가서 사실을 알렸다.

"저분은 본 왕국의 피아 공주님이시다. 네가 학자임을 알고 같이 식사를 하고 싶어 하신다."

"고, 공주님께서 저 같은 학자를 무슨 일로……. 영광으로 생각하겠습니다."

"따라오너라."

포브스는 당황했지만 거부할 수 없는 일이라는 걸 아는지 세네카를 따라갔다.

세네카가 안내한 곳은 내성의 고급 식당으로 일단 피아 공주가 온 것을 알린 후 방을 빌렸다.

"씻어라."

"네네. 이 배낭은……."

"내가 그 낡은 배낭을 가져갈 것 같나?"

"아, 아닙니다. 스승님이 그동안 모은 책과 연구물이 있어서. 씻고 오겠습니다."

포브스가 안으로 들어가자 세네카는 배낭을 뒤졌다.

2층 테이블에 자리한 피아 공주는 포브스가 나오길 기다리며 지루했는지 하품을 했다.

그때 세네카가 왔다.

"살펴봤나?"

"배낭 안에는 온통 신화와 전설과 관련된 책뿐이었습니다.

그리고 베네아 출신인지 베네아 신분패를 가지고 있었습니다. 그 외엔 차를 좋아하는지 주변국들의 차가 조금씩 포장되어 있더군요."

"의심할 구석은?"

"없습니다."

"알았어. 그럼 밥을 먹이고 연구소에 대한 얘기를 해봐. 허락하면 학자들이 있는 곳으로 보내."

그녀는 이미 확인이 됐는데 굳이 더 머물 이유가 없다고 생각했다.

"궁으로 가시겠습니까?"

"응. 내가 베네아 출신의 평민과……."

일어나서 말을 하던 피아 공주는 맞은편에서 오는 남자의 얼굴을 보고 순간 말을 잃었다.

조각과 같은 외모에 검은 머리를 가진 청년은 약간 말라 일견 병약해 보이는 미소년 스타일이었다.

그녀가 가장 선호하는 남자 스타일로 장담컨대 저자처럼 미남은 처음이었다.

"…먹는 것도 나쁘지 않겠지."

갑자기 다시 자리에 앉는 피아 공주를 보고 세네카는 의아해하면서 뒤를 돌아보았다.

"포브스?"

"예, 세네카 님. 옷을 준비해 주셔서 감사합니다."

금세 이유를 알 수 있었다. 남성 편력이 심한 그녀는 미소
년 스타일에 약했다.

"앉아요."

"황공하옵니다, 공주 전하."

"이곳 출신 같진 않네요."

"베네아 출신입니다. 여행 중이던 패트릭 경을 만나 신화와
전설에 빠지게 됐습니다."

"몇 살 때부터 따라다닌 거죠?"

"10살 때부터니까 9년이 지났습니다."

"열아홉인가요?"

"여행을 하느라 가꾼 적이 없어 더 나이 들어 보일 겁니다."

"아뇨. 피부를 보니 그 나이로 보여요. 음식을 앞에 놓고 너
무 말만 시켰군요. 많이 먹어요."

"감사합니다."

　포브스는 음식을 그야말로 폭풍처럼 먹어치웠다. 마치 며칠
은 굶은 사람 같았다.

"천천히 먹어요. 앞으로 얼마든지 먹게 될 거예요."

　피아 공주는 말을 하면서 입술을 가볍게 핥았다.

＊　　　＊　　　＊

"아흑! 아앙~ 더, 더!"

침대 위에 벌거벗고 홀로 누워 있는 피아 공주는 환상 마법에 걸려 환상의 세계를 누비고 있는 모양이다.

간혹 뭘 하는지 알 것 같은 자세를 취할 때 꽤 민망했다. 물론 와인을 마시며 할 일이 없었기에 발광하는 모습에 자꾸 눈이 갔다.

"그녀의 남성 편력이 심하다는 소문을 이용해 역용을 했지만 단번에 침대에 끌어들일 줄은 몰랐네."

보폴스의 여성들은 웬만한 남자들만큼 강하고 거칠었다. 연례행사처럼 벌어지는 전쟁으로 인해 여성들 역시 전쟁에 나가다 보니 자연 그렇게 된 것이다.

그래서 여자가 남성 편력이 심하다고 해서 흠이 되질 않았다.

하지만 얼굴을 보자마자 노골적으로 유혹을 하는데 어떻게 해야 할지 꽤 고민했다.

결국 방으로 왔고 들어오자마자 달라붙는 그녀에게 환상 마법을 펼쳤다.

"여기까진 잘된 것 같군. 간혹 이렇게 멍 때려야 한다는 건 마음에 안 들지만 말이야."

1시간쯤이면 될 줄 알았는데 피아 공주는 두 시간째 환상 속의 나와 격렬한 운동(?)을 하고 있었다.

다음부터 와인을 두 병을 준비해 달라고 해야겠다.

"…하악! 하악! 지, 짐승. 더, 더는 못하겠어!"

두 시간 반 만에 그녀는 침대에 벌러덩 누워 숨을 할딱거렸다. 환상과의 잠자리에 그녀는 땀범벅이 되어 있었다.

"짐승은 니가 짐승이다."

얼른 옷을 벗고 적당히 땀이 나게 만들었다. 그리고 그녀 옆으로 가 누운 후, 환상 마법을 풀었다.

"하아~ 하아~ 포브스, 넌 내가 본 남자 중에 최고로 강한 남자야. 처음이라는 게 도저히 믿어지지 않아."

그녀는 환상과 현실을 구분하지 못했다.

"…하하, 처음이라 그럴 겁니다. 그나저나 너무 힘을 뺐는지 너무 졸리네요."

"푹 쉬어. 숙소가 없다면 연구소가 완공될 때까지 이곳에서 지내도 좋아."

"그래도 되겠습니까? 하지만 돈이 없습니다."

"돈은 내가 지불한다. 으흠~ 널 품에 안고 푹 자고 싶은데 할 일이 있어서 일어나야겠어."

"그럼……."

"일어나지 않아도 돼."

쪽!

일어나려 하자 피아 공주는 살짝 입맞춤을 하고 밖으로 나갔다.

"휴우~ 턱을 만질 때 다시 덮치나 했네."

순간 다시 환상 마법을 펼칠 뻔했다.

"그나저나 입맞춤 정도는 피앙세들이 용서해 주겠지. 푹신한 침대에 누워 있으니 졸리네. 일단 편안하게 잠이나 자볼까."

네 명의 기사와 한 명의 하인을 남겨두고 피아 공주는 왕궁으로 향했기에 방해받지 않고 푹 잤다.

얼마나 잤을까. 세네카가 방으로 다가오는 걸 느끼곤 정신을 차렸다.

문이 벌컥 열리며 세네카가 말했다.

"일어나라. 물어볼 것이 있어서 왔다."

"아! 오, 오셨습니까."

"일어나지 않아도 된다. 널 학자들이 있는 곳에 데려가라는 명령을 받았다. 언제 갈 테냐? 지금 갈 테냐, 아님 연구소가 완성되고 갈 테냐?"

"학자들이 있는 곳에 책이 있습니까?"

"책은 오로지 연구소 안에서만 볼 수 있다."

"그렇다면 이곳에 머물러도 괜찮겠습니까? 가봐야 인사를 하는 것 말곤 할 일이 없습니다."

"그럼 그러도록 해라. 식사는 아래에 말해둘 테니 원하는 건 마음껏 먹어도 좋다. 대신 이곳을 벗어날 땐 밖에 있는 기사들과 함께 움직여야 할 거다."

"그렇게 하겠습니다."

"마지막으로 함부로 입을 놀리지 마라. 이것만 지킨다면 넌 누구보다도 편하게 연구를 할 수 있을 거다."

이 말을 하기 위해 온 것임을 알 수 있었다.

그는 피아 공주의 충실한 부하였다.

테린 백작처럼 공주를 사모하거나 하지 않았다.

말을 하는 동안 어떠한 감정의 변화가 없고 오로지 마지막 말을 할 때 살기를 나타내는 붉은 기운이 보였을 뿐이다.

그가 떠나고 옷을 입었다.

할 일도 없는데 수도 구경이나 할 생각이다.

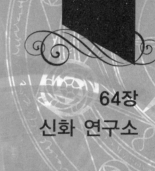

64장

신화 연구소

　이틀에 한 번씩 세 번 더 방문한 피아 공주가 가고 나자 세네카가 들어왔다.

　"…힘도 좋군."

　"네?"

　무슨 말인지 알고 있다. 오늘 피아 공주는 내일부터 '그날'이라고 세 시간을 넘게 생쇼를 하고 갔다.

　"아무것도 아니다. 다름이 아니라 연구소가 완성되었음을 알리러 왔다."

　"아, 드디어! 책을 볼 수 있는 겁니까?"

　전형적인 책벌레의 모습을 보여주었다.

"내일부터 연구가 시작될 것이다. 한데 연구소로 들어갈 것이냐. 아님 출퇴근을 할 것이냐?"

"출퇴근이 가능합니까?"

"…불가능하다. 하지만 넌 가능하다."

"무슨 말인지 알겠습니다. 하지만 전 연구소에 들어가길 바랍니다."

"…특이한 녀석이구나. 알았다. 일단 짐을 챙겨라."

세네카가 뿜어내던 의심을 나타내는 검은색 기운이 서서히 사라졌다.

언제 공사를 했냐 싶을 정도로 연구소는 깔끔하게 정리되어 있었다.

입구부터 검문은 철저했다.

'8서클 마도사가 마법진을 설치한 모양이군.'

딱히 주의해야 할 만한 것은 없었다.

"받아서 피를 묻혀라."

세네카는 새로운 신분패를 건넸다.

"저… 단검 좀 빌릴 수 있을까요? 깨물어 피를 내기엔 아무래도."

"…손을 내밀어라."

손을 내밀자 세네카의 손이 언제 움직였나 싶게 따끔한 느낌이 들었다. 그리고 손가락 끝에 작은 핏방울이 맺혔다.

얼른 신분패에 문지르자 마법이 작동했다.

"그게 없으면 드나들 수 있는 곳이 제한되니 분실하는 일 없도록 해라."

"네, 알겠습니다."

신분패를 검문 중인 기사에게 건네 등록하고 나서야 연구소로 들어갈 수 있었다.

연구소 건물 앞은 정원이었다.

"이곳은 가볍게 산책을 할 수 있도록 해둔 것이다."

"좋군요. 할 수 있을지 모르겠지만."

"쯧쯧! 건강한 육체에서 건강한 정신이 깃드는 법이라네. 너무 책만 파지 말게. 그러다 공주님… 흠! 아무튼 틈틈이 운동하게."

"…공주 전하께서 이곳까지 오십니까?"

"이곳 책임자시니까."

"……"

"힘내게. 실증을 잘 내시니 그리 오래 걸리진 않을 거야. 들어가지."

안으로 들어가자 중년 사내가 세네카에게 공손히 인사를 했다.

"세네카 자작님, 오셨습니까."

"데루코 소장, 앞으로 고생해 주게."

"고생이라니요. 왕실을 위한 일, 영광입니다!"

보폴스인들은 외부의 적과 끝임 없이 싸워서인지 왕실에

대한 충성심이 유독 강했다.

데루코 소장은 인사를 끝내고나자 나를 흘낏 보며 물었다.

"이자가 혹시……?"

"그러네. 공주 전하께서 총애하는 학자네. 조용하고 좋은 곳으로 안내해 주게."

"알겠습니다. 여기서부터는 제가 맡겠습니다."

"고생하게. 오기 전에 연락하지."

세네카는 데루코에게 날 맡기고 갔다.

"포브스라고 합니다. 지도 편달 부탁드립니다."

데루코가 못마땅해하는 기색이었기에 정중하게 인사를 했다.

"…따라오게. 한데 신화와 전설을 연구했다지?"

"연구라기보단 스승님을 도운 것에 불과합니다. 그저 관심이 많아 책이나 읽어볼까 수도에 왔다가 이곳에 들어오게 되었습니다."

"꽤 많이 떠돈 것 같은데 어디를 돌았나?"

"서대륙을 주로 돌았습니다. 2년 전부터 중앙 대륙으로 넘어왔는데 스승님이 풍토병에 걸리셔서……."

"서대륙 언어를 좀 알겠군."

"뮤트, 발칸, 플린, 칸켈 정도는 할 수 있습니다."

"…그래?"

방으로 안내하던 그는 상당히 놀란 표정을 지었다.

"스승님 말로는 제가 언어 능력이 제법 뛰어나다고 하더군요."

"그런 것 같군."

"하지만 이것저것 많이 부족합니다. 소장님께서 많이 도와주십시오."

피아 공주라는 뒷배를 가지고 있음에도 저자세로 나가자 데루코 소장의 감정이 많이 누그러졌다.

"내가 충고 한마디 해도 되겠나?"

"얼마든지요."

"사람 일이란 어찌 될지 모르는 거라네. 그러니 평소에 처신을 잘해야 하네."

"무슨 말인지 잘 알겠습니다. 딱히 위세를 업을 생각 없습니다. 어떤 방인지 모르겠지만 그분이 마음을 접는다면 몸만 누일 수 있는 공간이라면 어디든 좋습니다. 그저 책만 읽게 해주십시오."

"책을 무척 좋아하나 보군."

"어릴 때부터 책을 좋아했습니다."

데루코 소장은 대견하다는 듯 내 어깨를 가볍게 두드려 주었다.

"여기네. 앞으로 늘어날 인원을 생각해 여유분으로 만들어 둔 곳인데 지금은 자네가 쓰게."

"…조, 좋군요. 특히 침대가……."

백작가 정도의 침실처럼 아주 훌륭하게 꾸며져 있었는데 침대가 압권이었다. 대충 열 명이 자도 충분할 정도였다.

"다른 곳도 설명해 줄 터이니 짐을 놔두고 따라오게."

데루코 소장은 다른 사람에게 맡길 만한데 연구소 구석구석을 설명해 줬다.

"마지막으로 이곳이 식당이네. 7시부터 9시, 12시부터 2시, 6시부터 8시까지 원하는 시간에 내려와서 먹으면 되네. 이후에는 간단한 간식을 준비해 놓으니 언제든 배고프면 이용 가능 하네."

"밤낮이 구분 없이 연구하는 학자들을 배려한 운영이로군요."

"그렇다네. 다만 내일은 팀과 팀장을 정하는 날이라 정확하게 아홉 시까지 아까 안내해 준 연구실로 가야 하네."

"서가에 꽂혀 있던 책을 보니 당장 내일이 되었으면 좋겠습니다."

"하하하! 실컷 보게 될 테니 오늘은 방으로 들어가 푹 쉬게."

"잠이 올까 모르겠습니다."

"내일 맑은 정신으로 책을 읽고 싶으면 이만 들어가서 억지로라도 자야 하지 않겠나?"

"아! 그렇군요. 얼른 들어가 보겠습니다. 안내해 주셔서 감사합니다."

"쉬게나, 하하하!"

소장의 마음까지 휘어잡아 편안한 연구소 생활을 할 수 있을 거라 생각했는데 의외의 복병이 있었다.

　　　　　*　　　　　*　　　　　*

"포브스! 서가에 가서 프라 신전의 성스러운 경전을 시대별로 찾아오너라."

새하얀 백발 노인의 말에 막 자리에 앉던 나는 다시 일어나서 서가로 향해야 했다.

노인의 정체는 11팀의 팀장이 된 보폴스 왕실 아카데미의 명예 교수였다.

특히 자작 위까지 가지고 있어서 소장은 물론 세네카도 함부로 하지 못했다.

근데 재수 없게도 그런 인간이 오전에 팀원을 뽑을 때 나를 뽑았다. 그저 젊어서 부려먹기 좋겠다는 이유에서였다.

'후우~ 저 영감, 그냥 심장을 멈추게 해줘?'

그러고 싶은데 옛날에 꽤 많은 유적을 찾았을 정도로 신화와 전설의 대가란다.

내가 공부를 해서 알아내는 게 빠를지 저 막심 영감이 찾아내는 게 빠를지를 생각하면 죽일 수가 없다.

차라리 심부름을 하면서 기회를 노리는 게 더 편할 수도 있었다.

"뭐 하느냐! 내 말이 들리지 않느냐!"

"…네네."

"대답은 한 번만 짧게! 행동은 그보다 빠르게."

"넵! 영감님."

"이놈이……! 내가 누구인지 다시 말해줘야……."

"알고 있습니다, 막심 수아트 명예 교수 겸 자작님. 얼른 가져다 드리겠습니다."

"저, 저 버르장머리 없는 놈!"

서가로 가서 책을 뽑았다. 오늘만 벌써 수십 번 왔다 갔다 해서 어디에 무슨 책이 있는지 다 알게 됐다.

"쯧쯧! 고생하는군."

수십 권의 책을 카트에 싣고 서가를 지키는 기사에게 가자 혀를 차며 위로했다.

그는 서가에서 나가는 책을 일일이 기록했다.

"웬 기사님만큼 하겠습니까."

"나야 지루할 뿐이지."

"그게 제일 피곤한 법이죠."

"하하! 이해해 주는 사람이 있다니 고맙네 그려."

"수고하십시오. 막심 자작님이 노려보네요."

웬이 기록을 다했기에 얼른 가서 책을 전달했다.

"이게 다냐?"

"비슷한 시대의 것은 제외했습니다."

"누구 마음대로!"

"네?"

"누구 마음대로 제외하느냐고. 수기로 된 건 다 가져와라.

기록마다 조금씩 다른 걸 찾는 것이 얼마나 중요한지 모르는 거냐? 그러고도 네놈이 신화에 대해 제대로 배웠다고 할 수 있느냐!"

"제대로 배웠다고 한 적도 없는데요."

"그런 놈이 왜 여길 기어들어 왔어!"

"네네!"

"이놈이, 대답은……!"

"짧게, 행동은 빠르게. 금방 다녀오겠습니다."

다시 가서 수십 권을 책을 가져왔다.

"넌 이제부터 그 책들 중 표기가 틀린 부분을 찾아서 기록하거라."

놀리려고 작정을 한 것 같다.

일단 한 달만 지켜보기로 했다. 그 다음에도 별다른 힌트도 얻지 못하거나 방해를 한다면 그땐 심장마비로 죽게 될 것이다.

"왜 대답이 없어?"

"행동이 너무 빨라서 대답할 시간이 없었습니다."

"…주둥아리만 살아서."

넓은 책상에 책을 펼쳤다. 그리고 한 장씩 넘기며 다르게 적힌 부분을 찾았다.

처음엔 이것이 무슨 의미가 있나 싶었다.

한데 다른 부분을 하나씩 찾을 때마다 마지못해 읽어가던 책에 집중하게 됐다.

'600년 전 경전과 100년 전 경전의 문장과 단어가 달라졌어!'

600년 전 경전엔 '프라께서 둥근 구슬을 꺼내자 산에 구멍이 뚫렸다'라고 되어 있는데 100년 전 경전엔 '프라께서 커다란 마나석을 꺼내 마법을 사용하자 구멍이 뚫렸다'로 기록되어 있었다.

시대에 따라 현실적으로 바꾼 것이다.

그 말인즉, 사람들은 이야기든 기록이든 그 시대에 사람들이 이해할 수 있는 단어나 문장으로 바꿔서 후손에게 전했다는 것이다.

'언어의 변화, 지형의 변화, 시대상의 변화 등을 모두 고려해야 하는군. 이대로 읽어선 안 돼.'

얼른 일어나 서가로 갔다. 그리고 지형과 역사서를 찾았다.

책상을 하나 더 붙여 그곳에 책을 펼쳤다.

그때부터 진도는 굉장히 천천히 나갔다. 하나를 찾으면 역사서, 지리서까지 샅샅이 봐야 했다.

"쯧! 아주 멍청한 놈은 아니군."

막심이 다시 신경을 긁었지만 특별히 봐주기로 했다. 심장마비도 일단 무기한 보류다.

'허! 드래곤이 나타났다는 타우론이 티론에서 변형된 것이구나.'

기존에 알고 있던 것에서도 한 걸음 더 나아갈 수 있었다.

물론 티론이 어디인지는 아직 모르는 것은 매한가지다.

그때 막심이 들고 다니는 지팡이로 머리를 툭툭 때렸다.

"…시키는 대로 잘하고 있는데 이러지 마십시오."

"밥 먹으라고 하는 거다."

"밥 먹은 지 얼마나 됐다고……."

정신을 차리고 주위를 둘러보니 학자들은 거의 보이지 않았다.

"집중력이 좋은 건 좋다만 그러다 픽 꼬꾸라진다. 내가 이렇게 오래 살면서 많은 유적을 발견할 수 있었던 이유가 뭔지 아느냐?"

"욕을 많이 먹어서요?"

"클클클! 그것도 있겠구나. 그건 제때 먹고 제때 자면서 연구했기 때문이다."

"네네."

"이놈이! 대답은 짧게."

그가 지팡이로 머리를 콩 때렸다.

전혀 아프지 않았지만 머리를 긁적이며 말했다.

"예! 근데 다른 사람들 다 갔는데 막심 자작님은 왜 안 가셨습니까?"

"팀원이 굶고 있는데 어디를 가. 네놈이 끝날 때까지 기다리고 있었지."

팀원이라는 말이 마음을 살짝 울렸다. 하지만 말은 여전히 퉁명스럽게 나왔다.

"그럼 더 기다리지 왜 지팡이로 머리를 때린 겁니까? 아직 끝나지도 않았는데."

"더 기다렸다간 굶을 것 같아서. 그리고 방금 뭔가 한 가지 끝내지 않았느냐."

나이를 그냥 먹는 건 아닌 모양이다.

"가시죠. 수다 떨다가 저녁 시간 지나겠습니다."

"망할 놈! 담소라는 좋은 말을 두고 수다가 뭐냐."

"담소나 수다나. 얼른 가요."

현재 시간 7시 40분. 부지런히 가야 아슬아슬하게 도착할 거리다.

근데 막심 이 양반의 걸음이라면 절대 제 시간에 도착할 수 없을 것 같다.

'걸음도 더럽게 느린 양반이, 그냥 갈 것이지 왜 기다린 거야.'

결국 등을 내밀었다.

"뭐냐?"

"업히라고요."

"내가 나이가 들었지만 업힐 정도는 아니다."

"저도 업고 싶어서 업는 게 아니거든요. 식사 못 하게 될까 봐 그러는 거예요."

"…덩치도 시원찮은 놈이."

"편안하게 바람처럼 모셔다 드릴 테니 얼른 업혀요. 행동은 빠르게! 강조하던 말이잖아요."

막심은 미적대다가 내게 업혔다.

마법으로 살짝 엉덩이를 받치고 뛰었다.

"포브스 넌 신화와 전설이 뭐라고 생각하나?"

무안해서일까. 그는 쓸데없는 질문을 했다.

"과거의 승자가 미래의 후손들에게 남겨둔 거짓말?"

아라와 마루가 생각나서 말했다.

"…독특한 해석이구나."

"욕할 줄 알았는데 아니군요."

"그럴 수도 있으니까. 모든 가능성을 열어놓고 봐야 비로소 일부를 볼 수 있거든."

"그럼 막심 자작님은 뭐라고 생각하십니까?"

"소문."

"네?"

"점점 과장이 더해진 소문이란 말이다."

왠지 마음에 와닿는 말이었다.

"거짓을 점점 벗기고 나서야 결국 진실에 닿겠지."

"못 벗기면요?"

"여전히 신화와 전설로 남겠지, 클클클!"

"훗! 저녁이 남아 있을지부터 걱정하죠."

어느새 식당이 눈앞에 보였다.

*   *   *

적어도 3000년 된 과거의 유물을 책으로 찾아낸다?

차라리 거대한 모래사장에 바늘을 던져놓고 찾는 게 빠를 것이다.

그만큼 느리게 진행되는 연구인데 더욱 느리게 만드는 것이 있었다.

모은 책들 중 1000년이 넘는 것은 극히 일부일 뿐이라는 것과 그런 책의 경우는 11팀이 나눠서 봐야 한다는 것이다.

"포브스! 1100년 전 프란의 성스러운 책을 가지고 오너라."

"네네."

여전히 잡일을 도맡아 시키고 있지만 예전처럼 반항하지 않았다. 막심 또한 포기를 했는지 '짧게' 혹은 '빠르게'라는 말을 쓰지 않았다.

현재 1100년 된 프란의 성스러운 책은 5팀이 보고 있었다.

"크툽 님! 성스러운 책은 다 보셨습니까?"

"…가져온 지 이제 1시간밖에 되지 않았네만. 우리도 봐야 하지 않겠나, 포브스."

팀장들 대부분이 막심의 제자였다. 그래서인지 막심의 말에 꼼짝도 못 했다.

대신 나에게 투덜거렸다.

"앉아 있을 테니 천천히 보세요. 저도 덕분에 좀 쉬고 말입니다."

"쯧! 또 그 수법인가? 됐네, 가져가게. 이 나이 먹고 교수님께 혼나긴 싫네. 어느 쪽에서든 찾으면 될 일."

"아이쿠! 정말 쉴 시간도 안 주시네요. 다 보는 대로 갖다드리겠습니다."

내가 늦게 가면 성격이 급한 막심이 달려온다. 그럼 혼이 나는 건 팀장들이다.

당한 적이 있어서인지 더 이상 말하지 않고 책을 넘겨주었다.

"가져왔습니다."

"고생했다. 고대 도시 노바에 대해선 살펴봤느냐?"

고대 도시 노바는 지금의 보폴스 북쪽에 위치한 도시로 2000년 이전에 망한 노바 왕국의 수도였다.

막심은 그가 20여 년 연구한 자료를 이틀 전 나한테 떠넘겼다.

넓은 방 한구석에 수북이 쌓일 양이었다.

아카데미에서 방을 비워달라고 해서 넓은 내 방으로 옮긴 게 아닐까 생각한다.

"…20년 연구한 걸 이틀 만에 살펴볼 수 있으리라 생각하십니까?"

"읽기만 하는 데 그 정도면 충분하지 않나?"

"읽어보시긴 했습니까?"

"이놈! 내가 구하고 직접 기록한 것들이다."

"네네. 그러는 데 20년이 걸렸죠. 한데 노바가 왜 신화를 연구하는 데 필요한 겁니까?"

"그걸 말이라고 하느냐?"

"뿌잉! 뿌잉! 이래야 알아들으십니까?"

퍼억!

그의 지팡이가 머리를 때렸다. 이번엔 아픈 것이 감정을 실은 모양이다.

"그곳에서 책이라도 발견되면 그땐 신화와 전설이 아닌 고대의 얘기가 되는 것이다."

"근데 성을 이루던 벽돌도 없었다면서요?"

"그렇지. …투덜대면서 그건 읽어봤나 보구나."

"방에 들어가면 할 일이 없잖아요. 삼분의 일쯤은 읽어봤습니다."

"이상한 점은 없더냐?"

"막심 자작님이 찾지 못한 걸 제가 찾을 수 있을 거라 생각하십니까?"

"사람마다 보는 관점이 다르니까. 큰 기대는 하지 않는다. 그저 연구에 도움이 된다고 생각하고 그냥 봐라."

"지금 가서 보란 말입니까?"

"할 일도 없잖아."

"…아, 네. 그러네요. 그럼."

막심이 나에게 자꾸 가르치려 한다는 건 알고 있다. 그 덕에 많이 배우고 있는 것도 사실이다. 근데 자꾸 헛짓을 하고 있는 건 아닌지 고민됐다.

'다른 방법이 생길 때까진 버티는 수밖에.'

방으로 돌아가 침대에 누웠다. 그리고 손을 까닥거리자 구석에 쌓여 있던 기록물 중 일부가 이동해 왔다.

스윽! 팔랑! 스윽! 팔랑!

방엔 책 넘기는 소리만 들렸다.

"으~ 지루해."

두 권을 읽고 나서 기지개를 켰다.

들어와서 보름간은 정말 시간 가는 줄 모르고 책을 읽었다. 근데 이젠 1시간은 진득하게 읽기가 힘들었다.

"산책이라도 할까? 그건 귀찮은데."

스스로 묻고 스스로 고개를 저었다. 밖에 직접 나갔다 오려니 푹신한 침대에서 벗어나기가 싫었다.

"정신만 이동이 가능하려나?"

생각하는 순간 연구소 밖이었다.

'뭐야, 정신이 이동한 거야, 몸이 이동한 거야?'

사람들 앞에 얼쩡거렸지만 아무도 알아보는 사람이 없었다.

정신만 이동한 것이다.

'괜찮은데. 날아다녀 볼까?'

새가 된 것처럼 날기를 바라자 정신체는 기류를 타고 오르듯이 날았다.

역시 산책 부족이었나 보다. 자유롭게 날아다니다 보니 기분이 풀렸다.

'뭐야, 병풍이라기보단 왕관처럼 생겼잖아!'

멀찍이 떨어져서 바라본 보폴스 시티는 나에겐 왕관처럼 보였다.

'사람마다 보는 눈이 다르다더니……'

충분히 놀았다고 생각하고 정신을 불러들이려는데 나는 불현듯 깨달음 같은 것을 얻었다.

지리명은 보는 사람에 따라 달라질 수도 있다는 사실을 말이다.

A가 거주하고 있을 때는 병풍처럼 생겨 그렇게 이름을 지었지만 B가 거주하고 있을 땐 왕관, 혹은 구슬이 되었을 수도 있었다.

'즉, 책에서 다른 명칭으로 쓰였다고 해도 같은 곳일 수도 있다는 거야.'

대수롭지 않은 깨달음이었지만 신화, 전설을 연구할 때는 왠지 중요할 것 같았다.

'직접 확인해야겠어!'

산책을 대신할 겸 지리를 일일이 확인해 보기로 했다.

＊　　　　＊　　　　＊

연구소 생활은 꽤 단조롭다.

아침에 일어나 씻고 식당으로 가서 식사를 한다. 그리고 연구실로 가서 책을 본다.

간단하게 하자면 자고 먹고 싸고 책 읽는 게 다이다.

물론 난 한 가지를 더했다.

"하아~ 포브스, 오늘은 더욱 좋았다."

"…저 역시 그렇습니다, 공주 전하."

한 달 보름째다.

소문에 그녀가 남자를 갈아치우는 건 길어야 두 달. 이제 슬슬 질릴 때도 되었을 텐데 찾아오는 주기가 어째 더 늘어나는 것 같다.

"할 말이 있어."

마지막 즐기기였나. 뭐, 이제라도 끝났으니 다행이다.

아무리 그녀가 혼자 즐길 때 책을 본다고 하지만 조용하게 보는 것과는 차이가 있었다.

"어느 정도 짐작하고 있으니 편하게 말씀하세요."

"이곳 일이 끝나고 널 궁으로 데리고 가고 싶은데 네 생각은 어때?"

"전 아무렇지… 네에?"

"설마 헤어지자고 하는 줄 알았어?"

"뭐, 아니라고는 말씀을 못 드리겠네요."

"넌 내가 만났던 남자들 중에 최고야! 절대 놓치고 싶지 않아."

"하하… 그렇군요. 알겠습니다. 얼마나 걸릴지 모르는 연구니까 끝나기 전까지 마음이 바뀌지 않으신다면 그땐 고민해 보겠습니다."

기껏 만들어온 관계를 굳이 깨뜨릴 이유가 없었다. 덕분에 다른 사람보다 더 편하게 지내고 있으니까.

"그래, 그렇게 해. 근데 연구는 잘돼가?"

"진척이 너무 느려 갑갑하죠. 하지만 다들 고생하고 있으니 조금씩 결과가 나올 겁니다."

"곧 새로운 학자들도 오니까 좀 더 도움이 될 거야."

"개인적으론 빨리 결과가 나왔으면 좋겠습니다."

"왜? 한시라도 빨리 궁으로 가고 싶어?"

착각은 자유다.

내 말을 오해한 그녀의 손이 서서히 아래로 내려온다. 환상 마법을 걸어야 하나 고민하는데 덥석 잡았다.

"짐승! 그렇게 하고도……."

그냥 본능이야, 이 공주님아!

피아 공주의 기운이 핑크핑크해지는 걸 보고 환상 마법을 걸었다.

그녀는 밤새 혼자 놀다가 해가 뜰 때쯤 잠이 들었고 난 밤새 책을 읽다가 그녀가 잠들고 나자 식사를 위해 나왔다.

아카데미를 다니면서도 느낀 거지만 학자라는 이들은 어떤 의미에서 마법사만큼 대단하다.

책을 손에 놓지 않는 사람들이 수두룩했다. 학자들이 마법에 관심이 있었다면 장담컨대 마법으로 성공했을 것이다.

"식사하면서는 책 좀 그만 보세요."

식판을 받아 혼자 고고하게 책을 읽으며 식사를 하고 있는 막심 앞에 앉았다.

그가 혼자 먹는 이유는 그를 배려해서가 아니라 피하는 것이다.

"공주님께서 오셨던데 푹 잔 것 같구나?"

"밤샜습니다. 그저 젊어서 그렇게 보일 뿐입니다."

"젊다고 자랑하는 거냐?"

"당연히 아니죠. 쯧! 편식 좀 하지 마세요. 고기도 팍팍 드시고요."

"…잔소리는. 너도 내 나이 되어봐라. 이가 시원찮아서 못 씹는다."

"그럼 갈가리 찢어서 달라고 해요. 자작이라는 분이 그런 명령도 못 내려요?"

"됐다. 안 그래도 바쁜 사람들 귀찮게 뭣 하러. 그리고 고기 싫어한다."

"이리 주세요."

내가 일일이 찢어서 줬다. 그랬더니 고기 싫다는 양반이 잘도 먹는다.

"노바 시티에 대한 건 다 읽어봤느냐?"

"네. 식사하러 오기 전에 다 읽었죠."

"이상한 점이 있더냐?"

"전혀요. 찾으신 곳에 유적이 없었던 건 과거에 있었다는 거대 지진 때문이라면 딱 맞아떨어지더군요."

"으흠, 그래?"

"수십 명의 학자도 확인했다면서요. 막심 자작님도 그렇게 결론을 내리셨고요."

"네 결론도 그렇다면 어쩔 수 없지."

"그게 끝입니까? 거의 열흘을 그것만 읽었는데?"

"칭찬이라도 해주랴?"

"…됐습니다. 아무튼 나중에 시간 되면 제 방으로 오십시오. 칸켈에서 문신 마법을 배웠는데 고기 씹을 힘 정도는 넣어드릴 수 있습니다."

"됐다. 다 늙어서 힘이 무슨 소용일까. 다 먹었으면 차나 가져오거라. 한 잔 마시고 일하러 가자."

"네네."

아침을 먹고 길면 두어 시간 휴식을 취할 수 있지만 그러는 학자들은 별로 없다.

대부분 연구소로 가서 기웃거렸다.

"포브스, 시대별 지리서를 가지고 오너라."

"네네."

일의 시작은 책을 가져오는 거다. 끝날 때 정리도 내 몫이다. 그래서인지 순식간에 찾아 대령했다.

"넌 지도의 지명을 가장 오래된 지명으로 바꾸어라."

"그건 이미 다했습니다만."

"벌써? 정말 단순노동은 왕국 최고인 것 같구나. 그럼 시킬 일이 있을 때까지 대기하고 있어라."

"넵!"

"대기하랄 때만 대답이 짧군."

막심은 고개를 절레절레 흔들곤 책에 집중했다.

난 내 자리에 돌아와 마치 쉬는 것처럼 눈을 감았다. 눈을 감는 순간 내 감각은 이미 연구소 하늘로 날아오르고 있었다.

'오늘은 노바도 볼 겸 북쪽으로 가볼까.'

기억력이 좋아 금세 지리서를 달달 외울 순 있었다. 그러나 단지 기억하는 것과 실제로 보는 것과는 느낌 자체가 달랐다.

수도를 봤을 때부터 이렇게 공중에서 땅을 보며 명칭을 되뇌고 있다.

각설하고, 답답함을 없애기 위함도 있었다.

한참 가다 보니 만년설이 쌓여 있는 거대한 북쪽 산맥이 보였다. 그리고 그곳에서 멀지 않는 곳에 이르자 책으로만 봤던 목표지인 노바 유적지가 보였다.

'오! 저게 반달 혹은 갈고리라 불리는 호수구나. 그럼 저 옆

에 있는 것이 스포윈 언덕이고. 그 뒤쪽이 고대 도시 노바가 있던 곳이구나.'

고대 도시 노바가 있던 곳은 마치 갈고리 자국이 난 것처럼 파여 있었다.

'책에선 옛 물건들 조금과 뼛조각은 발견됐지만 성터는 전혀 발견하지 못했는데 그 이유가 지진 때문이라고 했었지? 근데 뭔가 좀 이상한데.'

수도가 있던 곳에 갈고리 모양으로 지진이 났을 수도 있었다. 근데 뭔가 느낌이 이상했다. 그래서 일대를 천천히 둘러봤다.

반달 호수의 수원은 제법 떨어진 곳에 있는 올름스 산맥의 만년설.

물이 흐르는 길을 꼼꼼히 살폈다. 그러다 지진의 흔적을 발견할 수 있었다.

한쪽 지층이 어긋난 것처럼 올라와 있었다.

사전 지식이 없었다면 그냥 무시하고 지나갔을 것이다. 하지만 막심이 오랫동안 연구한 책의 내용이 머릿속에서 빠르게 움직이며 새로운 가설을 만들어낼 수 있었다.

'물길이 바뀌었어! 즉, 지금 저 호수 아래 고대 도시 노바가 있다는 거야!'

지진으로 노바 시티가 망하게 됐을 때 물길까지 바뀐 것이다.

물길이 바뀌면서 원래 반달 호수, 갈고리 호수는 말라 버렸고 노바 시티가 있는 곳에 물이 차서 새로운 호수를 만들어낸 것이다.

소름이 쫙 돋으며 엄청난 환희가 느껴졌다. 막심이 유적에 한평생 몰입할 수 있었던 이유를 알 것 같았다.

설레발은 그만 떨고 일단 확인을 해봐야 했다.

흐름이 없고 잔잔한 호수지만 색깔이 있어 눈으론 확인하기 어려웠다. 그러나 감각이 있었다.

호수의 바닥을 느낀 다음 디그를 이용해 바닥의 일부를 호수 옆으로 이동시켰다.

정신 상태지만 마법을 쓰는 데 문제가 없었다.

'하하하! 역시 여기였어.'

이동시킨 곳의 덩어리들을 헤치다 보니 부식된 검 모양의 물건과 금화, 어딘가의 벽에 이용되었을 네모난 돌이 보였다.

"포브스! 잠은 밤에 자고 얼른 500년 이전의 역사서를 챙겨 오너라."

막심의 호통에 정신은 다시 연구실로 돌아왔다.

"…막심 자작님."

"그렇게 불쌍한 표정으로 부른다고 내가 쉬라고 할 것 같으냐? 당장……."

"노바 시티의 비밀을 푼 것 같습니다."

"…뭐? 자다가 꿈이라도 꾼 거냐?"

"지진으로 물길이 바뀌면서 호수의 위치가 바뀌게 된 겁니다! 바로 지금 호수가 있는 곳이 노바 시티입니다!"

잠시 어리둥절해하던 막심은 곧 설명을 요구했다.

＊　　　＊　　　＊

평범한 사람으로 행동한다는 건 그만큼의 인내력을 요구했다. 눈 깜박하면 도착할 거리를 이틀에 걸쳐 걷고 있으려니 더욱 그랬다.

"아함~ 지루해. 그나저나 엄청 멀군요? 텔레포트 마법으로 가면 편할 텐데."

덜컹거리는 마차에 앉아 노바 시티의 유적까지 가는 시간은 지루하기만 했다.

노바의 유적지에서 가장 가까운 영지까지 텔레포트로 이동한 후 마차로 이동 중이었다.

"마법사들이 할 일이 얼마나 많은데 그런 것에 마나를 쓸 수 있겠느냐. 그들은 이미 호수로 가서 작업 중일 게다."

"가면서 살짝 데려가면 되잖아요?"

"저들처럼 걸어갈래?"

막심은 행렬 중에 수많은 일꾼을 보고 말했다.

"이제 생각해 보니 지루하지 않네요."

"줏대가 없구나."

"줏대에 다리가 달린 것은 아니니까요. 그나저나 발굴단이 빨리도 조직되었군요."

막심에게 내 생각을 전한 지 정확히 6일 만에 유적지를 확인하고 발굴단이 조직됐다.

"왕국에서 심혈을 기울이고 있는 일이니까."

"왜요? 심혈을 최근부터 기울이고 있잖습니까."

"글쎄다. 그건 나도 모르겠다. 공주 전하께 물어보지 그러냐?"

"알아봐야 좋을 것 없다던데요."

"그럼 모르는 게 약이다. 괜한 호기심은 명을 재촉하는 법이다."

"명을 재촉하기 싫으니 관심을 꺼야겠군요. 컨디션은 어떠세요?"

막심에게 문신 마법을 해주고 있다. 나이 때문에 기운이 부족해서 하루에 조금씩 했다.

"좋다."

"그럼 누우세요. 오늘은 다리 쪽을 하죠."

"참 신기한 기술이더구나. 느낌 때문인지 모르지만 그제부터는 별로 피곤한지 모르겠어."

당연했다.

그는 현재 하단전 문신을 완성한 상태라서 평소보다 큰 힘을 낼 수 있을 것이다.

"그렇다고 너무 무리하지 마세요. 괜히 자식 한 명 더 보려다간 훅 갑니다."

"이놈아! 망측하게 내가 이 나이에 무슨 애를……."

막심의 기운은 그가 거짓말하고 있다고 말해줬다. 하여간 늙으나 젊으나 힘만 생기면.

나는 고개를 절레절레 흔들면서 그의 다리 쪽으로 문신을 새겨 나갔다.

9서클이 되니 약물도 필요 없다. 그저 길을 따라 찍으면 문신 마법이 되었다.

"근데 말이다. 바늘로 찌르는데 왜 아프지 않느냐?"

"제가 막심 자작님을 생각해 조심조심 찌르고 있거든요. 고마워하셔야 합니다."

"녀석 생색은… 헉! 바, 방금은 뭐냐?"

"그냥 찌르면 이런 느낌이라는 걸 알려 드리기 위해 조심성 없이 찔러봤습니다."

"…생색을 낼 만하구나. 조심조심 찔러다오."

사실 그의 아픈 다리를 치료하다 보니 고통이 생긴 것이다. 오해였지만 굳이 말하지 않았다. 덕분에 막심이 고분고분했으니 말이다.

문신을 완료하니 점심때였다.

점심을 먹고 다시 행진을 했고, 결국 해가 떨어질 때쯤 호수에 도착할 수 있었다.

"먼저 와 있는 이들도 많군요?"

마도사급 마법사만 와서 작업하는 줄 알았더니 족히 백여 명의 사람이 부지런히 움직이고들 있었다.

물론 마도사급 마법사들이 하는 일이 대부분이고 나머지 사람들은 보조였지만 말이다.

　"물밑에 있으니까 할 일이 많은 게지. 그나저나 날씨가 상당히 쌀쌀하구나. 발굴 작업이 만만치 않겠어."

　"그래도 차라리 추운 게 마법사님에게는 좋겠네요."

　어떤 식으로 호수 밑의 유적을 꺼내나 궁금했는데 꽤 재미있는 방법이었다.

　먼저 호수의 한 부분—대략 50제곱미터—을 바닥까지 꽝꽝 얼렸다. 그 다음 그 속을 파내서 벽을 더 높이 세우고 나머지는 호수에 던져 버리는 것이다.

　일반인이라면 불가능한 일이지만 한 명의 8서클 마도사와 세 명의 7서클 마도사가 작업을 하니 어렵지 않았다.

　날씨가 덥다면 기껏 얼려놓은 얼음이 녹아 일정 시간마다 얼려줘야겠지만 추우니 낮에만 유지해도 충분할 것 같았다.

　제법 큰 얼음을 호수에 던져 버린 8서클 마도사가 우리 쪽을 보곤 날아왔다.

　오십 대쯤 되어 보이는 그는 환하게 웃는 얼굴이었다.

　"하하하, 막심! 이 늙은이 아직도 죽지 않고 살아 있었군."

　"쯧! 새파랗게 생긴 이가 늙은이한테 그런 소리 하면 벌받네."

　두 사람이 친구인 모양이다.

　마도사는 막심을 와락 껴안은 후 대화를 이어갔다.

　"작위도 낮은 녀석이 공작에게 반말이냐? 그리고 그게 부러웠으면 나처럼 마법을 배웠어야지."

"힘든 일을 하는 마법사 따위 뭐가 좋다고. 나는 책상에 앉아 일한다네."

"하하하! 듣고 보니 그렇군. 응? 근데 자네 몸에서 마나의 기운이 느껴지는데, 없던 마법 재능이 다 늙어서 생긴 건 아닐 테고?"

마도사답게 금세 마나의 기운을 알아냈다.

"이 아이가 서대륙 칸켈에서 문신 마법을 배웠다더군. 그래서 새겨줬네. 인사하려무나. 왕국에 셋뿐인 8서클 마도사 도스 공작이다."

"처음 뵙겠습니다. 포브스입니다, 공작님."

"…허어~ 그래. 그나저나 특이한 청년이군. 반갑네."

도스 후작은 나의 기운이 이상하다고 느꼈는지 고개를 살짝 갸웃거리며 인사했다.

물론 꽁꽁 감추고 있으니 알아낼 턱은 없었다.

"이 아이가 유적이 있는 곳을 짐작했다네. 이 앞에 있는 걸 모르고 20년을 허비했으니."

"역시 젊은 머리라 다른가 보군."

"그러게 말일세. 그나저나 일은 어떻게 진행되어 가고 있나?"

"방금 하나를 뚫었네. 어떻게 할지 고민하다가 괜찮은 방법을 찾았지."

"고생했군. 지금 볼 수 있나?"

"참아주게. 해가 지면 라이트 마법을 유지해야 하는데 선발대가 많이 지친 상태라네."

"내 생각만 했군. 그럼 내일 해 뜨면 시작하세."

"하하하! 그래, 오랜만에 만났는데 오늘은 술 한잔해야 하지 않겠나."

"그놈의 술은 아직도 못 끊었나?"

"하하하! 죽기 전엔 끊겠지. 자네도 오게나. 날씨가 추워서 저녁을 먹으면서 한잔하는 것도 나쁘지 않을 걸세."

저녁을 먹고 술판이 벌어졌다.

그렇게 첫날밤이 지나갔다.

부스럭거리는 소리에 눈을 떴다.

"내가 시끄럽게 해서 깬 모양이구나."

침대에서 일어나자 옷을 입고 있던 막심이 말했다.

"아닙니다. 해가 뜰 때쯤이면 저절로 눈이 떠집니다. 춥지는 않으셨습니까?"

"문신 마법 때문인지 전혀 춥지 않았다. 더 자지 않을 거면 식사 전에 둘러보는 게 어떻겠느냐?"

"그러시죠."

호숫가로 가자 경비병들이 하품을 하고 있다가 얼른 자세를 잡았다.

"무슨 일이십니까?"

"발굴지를 보려고 왔네만. 우린 신경 쓰지 말고 편하게 있게. 이 배를 써도 괜찮겠는가?"

"예! 물론입니다. 한데 노를 저을 수 있으십니까?"

"제가 할 줄 압니다. 타시죠, 자작님."

"포브스 넌 정말 못하는 게 없구나."

"세상을 돌아다니다 보니 그렇게 됐습니다. 타시죠."

막 배에 오를 때 몇 명의 학자가 다가왔다. 그들도 구경을 온 것이다.

이번 발굴에 참여하게 된 인원은 총 4개 팀, 40명이었는데 좀 더 있으면 다 튀어나올 것 같아 얼른 배를 저었다.

"포브스, 노질 몇 번이면 닿겠다."

연구소 11팀 학자가 쭉쭉 나아가는 배를 보고 말했다.

당연했다. 노를 젓는 게 아니라 마법을 이용해 나아가고 있으니 말이다.

"하하하! 예전 스승님께서 뱃사람이 됐으면 돈 많이 벌었을 거라고 했었으니까요."

너스레를 떨기 무섭게 배는 어제 만들어둔 곳에 닿았다.

"배 묶을 곳을 마련해 뒀네요. 잠시만 기다리세요."

얼음벽 위에 훌쩍 올라가 배를 묶었다. 그리고 내려갈 곳이 있나 두리번거렸다.

"꽤 깊은데 아직 내려갈 길은 만들진 못했나 봅니다. 아무래도 지금 구경하는 건 힘들 것 같은데요."

"…그래? 쩝! 어쩔 수 없지."

막심이 아쉬운지 입맛을 다셨다.

한데 그때 도스 공작이 날아왔다.

"쯧쯧! 학자들이란. 아침 먹고 시작해도 될 텐데 그새를 못 참고 왔는가?"

"힘! 그냥 구경 왔네. 혹시 우릴 내려보내 줄 수 있겠는가."

"어련하겠나. 힘 빼시게."

일곱 명의 몸이 공중으로 떠올랐다가 호수 바닥으로 서서히 떨어져 내렸다.

땅은 질퍽질퍽했다.

"흙을 제거하려면 꽤 힘든 일이 될 것 같군요."

"그러게 말일세."

각자 걸으면서 혹시나 뭔가를 발견할 수 있을까 두리번거렸다.

"조심들 하세요. 갑자기 빠지는 부분도 있습니다."

내가 빨빨거리고 돌아다니며 위험한 지역이 없는지를 확인했다.

"오! 이건 크기를 볼 때 성벽의 벽돌 같습니다."

"이건 첨탑의 끝부분인 모양입니다."

처음에 조심하던 학자들은 유적의 흔적을 발견하자 몸이 더러워지는 것도 개의치 않고 진흙을 제거하며 좋아했다.

'에구! 저러다 감기 걸리지.'

난 도스 공작 몰래 학자들의 몸이 식지 않게 했다. 그런 후 마보세로 살피며 돌아다녔다.

"어이쿠! 어라? 이건 뭐지? 끙차!"

마보세로 살피니 아무리 진흙 속에 숨어 있어도 금속 같은 건 금세 발견할 수 있었다. 하지만 너무 쉽게 찾으면 이상할 것 같아 넘어지면서 우연히 찾은 듯 연기를 했다.

들어 올린 것을 닦아내자 금으로 된 판이었다.

"어디! 뭔가 보자."

멀리 떨어져 있던 막심이 당장 달려올 기세다.

"거기 계세요! 공작님, 이거 자작께 주시겠습니까?"

"아주 골고루 해라."

얼음벽의 상태를 살피던 도스 공작은 투덜대면서도 금빛 판을 전해줬다.

"이건 서쪽 성문의 현판이야! 황금이 넘쳐나던 곳이라더니 현판을 황금으로 만들었네."

"쯧쯧! 고작 황금에 그리 좋아하다니. 내가 지금까지 일한 값어치만 따져도 그보다 비싸."

"하여간 머릿속엔 마법밖에 없는 사람 같으니라고. 황금이라서 놀라기도 했지만 그보다는 이곳이 서쪽 성문이 있던 곳이라면 노바의 대도서관과 왕궁의 도서관을 그만큼 찾기 쉬워져서 좋아하는 거네. 아마 자네가 할 일이 수십 배 줄어들 걸세."

"험! 그런가? 아무튼 첫날부터 방향을 알 수 있는 것을 발견하다니 운이 좋군."

"운 정도가 아니라 천운일세. 자자! 이럴 게 아니라 우릴 천막 있는 곳으로 보내주게. 지도를 보고 위치를 파악해 봐야겠네."

"피곤하게 하는군. 아무래도 일하는 시간을 정확히 할 필요가 있겠어."

도스 공작의 도움으로 우린 다시 천막으로 돌아올 수 있었다. 물론 그전에 샤워를 해야 했지만 말이다.

가장 큰 천막에 테이블이 놓이고 과거 그가 만들어놓은 노바 시티의 지도를 펼쳤다.

천막 안은 도스 공작뿐만 아니라 발굴에 참여한 귀족들과 학자들은 다 모인 듯 북적거렸다.

"포브스! 거기서 뭐 하느냐. 이리로 들어오너라."

"네네."

직위에 밀려 구석에 있던 나는 사람들을 비집고 들어가 막심의 옆에 섰다.

막심은 사람들을 둘러보며 말했다.

"이 지도는 과거 자료들을 이용해 그려놓은 것에 불과하기에 정확히 일치한다고 볼 수 없습니다. 하지만 오류를 최소화시킬 수 있을 겁니다."

"없는 것보단 백배 낫겠지."

실제 책임자라고 할 수 있는 도스 공작이 막심의 말에 힘을 실어줬다.

"식사 후 발굴단은 예정대로 현재 파둔 곳을 살펴보고 마도사들께서는 제가 지정해 준 곳을 다시 파주시기 바랍니다."

"음, 아직 어제의 피로가 풀리지 않았소만."

한 마도사가 피곤한 표정으로 말했다.

"지정한 곳을 찾으려면 시간이 좀 필요할 겁니다. 그동안 마나 회복에 주력해 주십시오. 하루 이틀에 끝날 일이 아니니 최상의 상태에서 해주서도 됩니다."

"그리 말씀해 주시니 한결 마음이 놓이구려."

대답을 하는 이는 7서클로 막심보다 높은 작위인 모양이다.

회의 같지 않은 회의는 사람들이 많이 모인 게 허무할 정도로 빨리 끝났다.

막심은 말을 전한 걸로 충분하다고 생각했는지 지도에 집중했다.

"포브스, 네가 보기엔 노바 시티가 어느 방향으로 지어진 것 같으냐?"

"막심 자작님이 모은 책 중에 '올림스 산맥을 뒤로하고 우린 남문으로 향했다'라는 글귀가 있었습니다."

"…그랬나?"

"잊으신 모양이군요?"

"그 많은 책을 읽고 기억하는 네가 이상한 거다."

"똑똑하게 태어났나 보죠. 아무튼 오늘은 배를 타고 다니며 알아보는 게 좋을 것 같습니다."

"그러자꾸나."

아침을 먹고 난 후에 발굴단은 본격적으로 움직였다.

끼이익! 끼이익!

"노를 저어가자, 험한 바다 물결 건너 저편 언덕에……."

"…그런 노래는 어디서 들은 거냐?"

"글쎄요. 그냥 떠오르네요."

"거리를 재는데 정신이 사납구나."

"아! 죄송합니다."

뱃사공처럼 호수를 가로지르고 있었다.

서문을 기준으로 대략적인 사대문의 위치를 파악하는 중이다.

"10미터만 더 가서 멈추려무나."

"남문과 비교하면 조금 더 가야 할 것 같은데요."

"그래? 그럼 20미터만 가자꾸나."

사실 30미터를 더 가야 황금으로 된 현판이 있는 곳이었지만 20미터 가서 배를 세웠다.

운이 계속되면 그땐 의심을 받을 가능성이 높았다.

"여기에 깃대를 꽂으려무나."

여러 막대를 연결해 긴 장대를 만든 후 호수 바닥에 꽂았다.

"빠지지 않도록 해라."

"물론이죠. 아주 깊숙이 꽂았습니다. 대도서관 위치와 왕궁

도서관 위치도 표시해 둘까요?"

"아니다. 지금 꽂은 곳이 확실치도 않은데 쓸데없는 짓이지. 일단 네 개의 성문부터 찾는 게 우선이야."

"그럼 서문 쪽으로 갈까요?"

"그래. 뭐가 나왔는지 보고 싶구나."

"네, 이동하겠습니다."

노의 '끼익'거리는 소리와 함께 배는 다시 움직였다.

연구가 시간을 잡아먹는 오우거라면 발굴은 오크쯤은 될 것이다.

시간은 빠르게 지나갔다. 그리고 혹독한 겨울이 찾아온 다음에야 사대문을 모두 찾았다.

그리고 이어진 도서관 찾기.

한데 그동안 운이 좋았으니 이제부터 고생하라는 뜻인지 도서관의 흔적은 발견하지 못했다.

발굴단은 막심이 오랜 시간 연구했다지만 부족한 정보로 인해 오류가 있다고 판단했다. 그래서 다시 책들을 훑어서 가장 가능성이 높은 곳을 꼽아 위치를 표시하러 언 호수 위를 걷고 있는 중이다.

"포브스, 넌 안 춥냐?"

표면이 깡깡 얼어붙은 호수를 걸으며 막심이 물었다.

"전 버틸 만합니다. 막심 자작님은요?"

"나도 괜찮다. 어째 너랑 다니면 겨울바람이 훈훈한 훈풍처럼 느껴지는지 모르겠다.

"하하! 제가 뜨거운 남자 아닙니까."

"싱겁긴. 거리는 정확히 재고 있는 거지?"

"네. 이번엔 대도서관 자리가 나왔으면 좋겠습니다. 한데 아무래도 이번 장소도 아닐 가능성이 높습니다."

어제 새로 지정한 곳을 마도사들이 팠지만 대장간이 있던 곳인지 삭을 대로 삭은 철제 무기들만 나왔다.

"무슨 말이냐?"

"전 아무래도 처음 장소가 맞는 것 같습니다."

"지금도 발굴 중인데 아무것도 나오지 않았잖느냐."

"그게 그곳일 가능성이 높고 심지어 좋은 징조일 수 있습니다."

"어째서 그렇게 생각하지?"

맥심이 모은 책을 읽어본 나로서는 그가 실수를 했다고 생각되지 않았다. 그래서 어제 공중에서 사대문이 지도처럼 직사각형을 이루는지 살펴봤다.

아니었다. 북문과 동문이 5시 방향으로 기울어진 것처럼 되어 있었다.

즉, 북쪽에서 시작된 지진이 5시 방향을 통과했다고 보면 근처에 있던 왕궁 도서관과 대도서관은 땅속으로 파고들었을 가능성이 농후했다.

"네 개의 문이 직사각형을 이루고 있어야 하는데 한쪽으로 살짝 쏠린 느낌이랄까요. 지진의 영향이 아닐까 생각합니다."

"응?"

잠시 생각을 하던 맥심이 말을 이었다.

"네 말은 그러니까 지진이 도서관이 있는 쪽으로 나면서 땅에 매몰되었다는 말이냐?"

"네. 걸어오다가 생각해 봤는데 막심 자작님의 연구가 흠이 있다곤 생각되지 않더라고요. 그래서 다른 이유를 생각해 보다 보니 그럴 가능성이 떠오르더군요. 느낌이기에 아닐 수도 있습니다."

살짝 한발 뺐다.

"…아냐. 상당히 그럴싸한 생각이야. 산에서 시작한 지진이 5시 방향으로 내려왔다면 가능해."

멍하니 서서 생각을 하던 막심이 발걸음을 돌렸다.

"돌아가자. 일단 네가 말한 것부터 확인해야겠다."

"제 말을 믿으시는 겁니까?"

"이번 일은 나보다 널 믿는다. 너의 촉은 예사 촉이 아니야."

'아니, 나를 믿는 당신의 촉이 좋은 거지.'

막심이 내 말을 들어줬기에 여기까지 온 것이다. 아니, 애초에 그가 책을 보여주지 않았다면 연구소에서 책과 씨름하고 있었을지도.

우리 왔던 길을 돌아 발굴단이 머물고 있는 캠프로 돌아갔다.

"금방 다녀왔군. 표식은 잘해뒀나?"

어제 일을 해서 쉬고 있던 도스 공작이 반겨줬다.

"아니. 가다가 다른 생각이 나서 말이야. 자네, 하늘 한번 올라가줘야겠네."

"응? 하늘은 왜?"

"우리가 발견한 사대문이 어떤 구조인지 수정구로 좀 찍어다 주게."

"뭔가 알아낸 모양이군."

"확신은 못 하겠지만 기존에 판 곳이 도서관 자리가 맞을 것 같아서 말이야."

"그래? 그렇다면 당장 해야겠군. 기존의 자리가 맞는다면 무리해서 작업할 필요가 없다는 말 아닌가."

도스 공작은 수정구를 챙기더니 하늘로 올라갔다. 그리고 얼마 되지 않아 내려왔다.

"직사각형이던가?"

"직접 확인하게."

도스 공작은 수정구를 작동시켰다.

내가 어젯밤에 본 것처럼 확실하게 찍혀 있다.

"아! 포브스, 너의 예상대로구나."

"놀랍네요. 그저 느낌에 불과했는데 진짜 기울어져 있을 줄이야."

"이야~ 이번에도 포브스 자네가 생각을 한 건가?"

도스 공작이 끼어들었다.

"저야 막심 자작님의 연구를 믿고 추측만 했습니다."

"예의도 바르고 말이야. 정말 복덩어리야. 이러니 공주님이 폭 빠지셨지, 허허허!"

그 얘기가 거기서 왜 나와?

피아 공주는 만들어둔 텔레포트 진을 통해 가끔 순찰을 나왔다. 그러나 발굴단 중에 그녀가 순찰이 아닌 나 때문에 온다는 걸 모르는 사람이 없었다.

"하면 지금부터 어떻게 하면 되는가?"

"두 곳의 땅을 파내려 가야지. 자네와 마법사들은 벽이 무너지지 않게 하는 것과 언 땅을 녹여주기만 하면 될 걸세."

"그 정도면 놀고먹는 거지."

"마도사와 마법사들이 어떻게 하느냐에 따라 일의 진척이 달라질 터, 자네가 말 좀 잘해주게."

"그야 두말하면 잔소리지. 한데 가려고?"

"그럼. 아직까진 추측에 불과하지 않은가. 부지런히 움직여야지."

"옛끼! 자네가 움직여 봐야 얼마나 일을 한다고. 가세, 내가 순식간에 데려다줌세."

"평소에 한 바퀴 돌자면 싫어하는 사람이……."

"그땐 기운이 없었고. 뭐, 싫다면 걸어서 가게."

"그냥 그랬다는 거지 누가 싫다고 했나? 얼른 데려다주게."

도스 공작 덕분에 편하게 호수 반대편으로 갔다.

*   *   *

하룻밤만 자고 나면 꽁꽁 얼어버리는 땅을 녹여 조금씩 파내려 가는 건 꽤 더디고 힘든 일이다. 그러나 그보다 더 힘든 건 현재 하고 있는 일이 무의미한 일이 아닐까라는 생각을 들 때일 것이다.

이십여 일에 걸쳐 7미터를 넘게 파내려 갔지만 도서관이라는 흔적을 찾지 못했다. 그럼에도 멈출 수 없는 건 건물을 이루고 있던 벽돌과 옛 물건들이 계속 나왔기 때문이다.

"모두 조심조심! 언제 뭐가 발굴이 될지는 아무도 모르는 법이다."

대부분의 사람이 의문을 가진 채 일을 하고 있음에도 막심의 눈엔 아무런 의심이 없었다.

옛 유적을 찾아내는 것이 쉽지 않음을 그는 이미 뼈에 사무치게 느끼고 있었다.

작은 고대의 물건 하나를 파기 위해 한 달을 넘게 붓과 바늘로 씨름한 적도 있던 그였다.

"내 예감이 맞는다면 곧 나온다. 어제 파낸 것들 중 고대의 큰 건물 지붕에 쓰던 판이 나왔다. 그리고 지금 봐라. 대부분 큰 건물의 잔해들이다. 그러니 조금만 더 힘을 내라."

막심은 일을 하는 틈틈이 힘을 북돋았다. 그 덕분이었을까.
마침내 한 학자의 외침이 터져왔다.

"채, 책이다! 책이 보입니다!"

그의 외침에 막심과 내가 움직였다.

큰 석판과 석판 사이에 책이 있었다. 자세히 보니 한 권이
아니었다.

"조심조심! 석판에 완전히 붙어 있는 듯하다. 나첸 백작님,
석판을 위에서부터 천천히 제거를 해주시겠습니까. 안 되면
석판 채 캠프로 들어가서 그곳에서 작업을 해야겠습……."

"여기도 책이 있습니다!"

"이곳에도 있습니다!"

한번 터지자 봇물 터지듯이 여기저기서 책을 발견했다는
소리가 나왔다.

"발견한 곳은 일단 덮을 것으로 덮어둬라! 그곳은 학자들이
맡는다. 학자를 제외한 작업자들은 계속 작업을 할 수 있도록."

책을 발견했다고 했을 때 막심은 무척 들뜬 표정을 지었다.
그러나 지금은 다시 침착해졌다.

내 눈빛을 느꼈을까. 막심이 설명했다.

"2000년이 넘게 땅속에 있던 책들이다. 어떻게 발굴을 하고
어떻게 복원을 하느냐에 따라 쓸모가 있느냐 없느냐가 달려
있다."

"발굴과 복원에 대해선 딱히 배운 적이 없어서."

"내가 시키는 대로만 하면 된다."

"왠지 부려먹겠다는 말로만 들리는데요."

"눈치는 제법이구나, 허허허!"

침착하다고 해도 기분만은 어쩔 수 없는 모양이다. 아주 기분 좋게 웃음을 터뜨렸다.

"책이 발견되었다면서?"

책이 발견되었음을 들었는지 도스 공작이 공중에서 뚝 떨어져 내렸다.

"그렇다네, 허허허!"

"쯧! 그렇게 웃는 걸 보니 마음고생이 꽤 심했나 보군. 하여간 마음이 그리 약해서야."

"헛소리 말고 보호 마법이라도 걸어주게. 자네가 돕는다면 진행이 빨라질 걸세."

"그저 사람 부려먹을 생각만 한다니까. 뭐; 한동안 일이 없어 좀 쑤셨는데 도와줘 볼까. 모두들 막심 자작의 명령에 따라 신속하게 움직인다! 마나를 아끼지 말고 열심히들 하게."

세 명의 마도사와 여러 명의 마법사가 움직이자 책들은 발견된 그대로 구멍 밖으로 옮겨졌다.

대도서관답게 한번 책이 나오기 시작하자 쏟아졌다.

그때부터 막심과 나는 캠프에서 복원 작업에 들어갔다. 사실 복원 작업이라기엔 분류 작업이라는 것이 맞을 것이다.

캠프의 복원 작업은 분명 한계가 있었다.

"이건 여기서는 불가능하겠구나. 일단 파란 보자기로 싸서 놔두려무나."

"이건 아직까지의 복원 기술로는 어림없겠구나. 검은 보자기로 싸두렴."

"음, 이건 못 쓰겠구나. 구석에 던져둬라."

"허어~ 땅속에 2000년이나 있었는데 이 책은 그야말로 완벽하게 보존되어 있구나."

요즘 책처럼 말끔한 것, 화석이 된 듯한 것, 벌레가 먹은 것 등 정말 다양한 종류가 많아 분류 작업도 상당히 더뎠다.

다만 볼 수 있는 책들이 하나씩 늘어날 때마다 막심이나 나나 흐뭇해졌다.

특히 어제 보존 마법에 걸린 채로 상자에 담겨 있던 2000년 전의 프란의 성스러운 책이 발견되면서 목표에 거의 다가서게 되었다.

"어젯밤에 성스러운 책을 읽었느냐?"

돌가루를 조심히 뜯어내며 물었다.

"잠이 오지 않아 읽어봤습니다."

"솔직하지 못한 녀석. 그래, 어떠하더냐?"

"천 년 전의 것과 비교하니 사분의 일 정도는 다르더군요."

"그렇게나 차이가 있더냐?"

"일단 지명에 많은 차이가 있습니다. 특히 그중 가장 재미있는 것이 현재 수도가 있는 지역이 예전엔 '타우'라고 불렸다는 겁니다."

"그래? '타우'라면 거대한 산을 뜻하는 말이 아니냐?"

"그렇죠. 거기에 '신성한'이라는 단어를 붙이면 어떻게 불릴까요?"

멈칫!

막심의 손이 멈췄다. 그는 놀란 표정으로 날 보며 소리쳤다.

"타우론! 드래곤이 머물렀다는?"

"네. 옛이야기에 나오는 드래곤이 살던 타우론 산이 설마 보폴스 시티가 있는 자리라니, 정말 생각조차 못 하고 있었습니다."

"허어~ 옛 조상들이 그곳에 자리를 잡은 이유가 있었구나. 신통방통하구나."

막심은 재미있는 얘기를 들었다는 듯 고개를 끄덕이며 다시 손을 움직였다.

그에겐 그저 드래곤이 나오는 옛이야기의 향수를 불러일으키는 단어일지도 모른다.

어쩌면 당연했다. 현재는 중앙의 언덕과 양쪽의 작은 산이 전부였으니 말이다.

그러나 거대한 산이라도 언덕을 만들 힘을 가지고 있고, 드래곤이 신이라 불리는 이들이라는 걸 아는 나에겐 아니었다.

'마나등 뒤가 가장 어둡다더니……'

지금으로서는 보폴스 시티 어딘가에 신이 살던 곳이 존재할 가능성이 높았다. 물론 산이 사라지면서 날아가 버렸다면 낭패지만 말이다.

어제 책을 읽고 밤에 수도로 가서 탐색도 해보고 의심되는 지하를 두더지처럼 부지런히 돌아다녔지만 발견은 하지 못했다.

'더 정확하게 알아야 해.'

이미 반년 가까이를 참고 기다렸는데 몇 달 더 못 기다릴까.

"포브스, 물을 살살 뿌리려무나."

"…아, 네."

"쯧쯧! 또 무슨 생각을 하고 있었나 보구나."

"언제쯤 연구소로 돌아갈 수 있을까 생각하고 있었습니다."

"지리서와 역사서가 충분히 나와야지. 지금 가봐야 무슨 소용이겠느냐."

"그건 그렇죠."

"힘들어도 조금만 참아라. 지금처럼 발굴이 된다면 한 달 뒤엔 연구할 정도의 책은 얻을 수 있을 것이다."

"하하! 그랬으면 좋겠네요. 푸우우우~"

입에 물을 머금고 발굴한 책을 향해 뿜었다.

65장
프란

일하는 이들의 삼분의 일이 동상에 걸릴 만큼 추웠던 겨울이 지나고 햇빛 아래 있으면 나른해지는 봄이 왔다.

한 달 전부터 왕궁 도서관 터에서도 책이 발굴되면서 연구할 책은 대폭 늘었다.

물론 멀쩡한 책은 별로 없고 복구할 책만 천막 몇 개를 채울 만큼 많았지만 말이다.

아무튼 추운 겨울 동안 책을 복원하는 재미에 푹 빠져 시간 가는지 모르고 살았다.

슈우욱! 슈우욱!

분무기를 몇 차례 당기자 작은 입자의 물방울들이 책상 위에 놓인 책에 떨어졌다.

차분히 약물이 스며들길 기다렸다가 끝부분을 나무 핀셋으로 잡고 조금씩 잡아당겼다. 2000년의 세월 동안 돌처럼 붙어 있던 종이가 '스윽' 하는 소리와 함께 떨어졌다.

조금만 힘을 잘못 쥐도 세 페이지가 망가지는 상황임에도 손동작에 망설임이 없었다.

방엔 슈우욱! 분무기 뿌리는 소리와 스윽! 종이 떨어지는 소리만 연속해서 들렸다.

"후우~ 또 한 권 끝."

페이지마다 하얀 종이를 끼워 넣은 다음 한쪽으로 치우는데 막심이 들어왔다.

"허어~ 또 한 권을 복원했느냐?"

"네. 방금 끝냈어요."

"만능 포브스라는 별명, 정말이지 어울리는구나. 너만큼 빨리 복원시키는 이는 본 적이 없구나."

도스 공작이 나에게 지어준 별명이었다.

"젊어서 겁이 없는 거죠."

"실패가 없으니 실력인 게지."

"낯 뜨거운 칭찬은 그만하시고 하실 말씀 있으면 하십시오."

"녀석, 이제 접술사가 다 됐구나. 내일 연구소에 돌아갈 테니 챙길 것 있으면 챙겨둬라."

드디어 다시 연구소로 돌아가나 보다.

"기뻐서 펄펄 뛸 줄 알았더니 별로 기뻐하는 표정이 아니구나?"

"여기나 거기나 연구하는 건 마찬가진데요."

"젊은 너에겐 그럴지 모르지만 늙은 나에겐 더 이상 필드는 무리다."

"가장 활발하게 움직이신 분이 이제 와서 엄살이십니까. 이곳엔 몇 팀이나 남습니까?"

"두 개 팀이 남아 교체 팀에게 설명해 주고 다음 달에 연구소로 돌아올 거다."

"고생들 많았는데 잘됐군요."

"그렇지. 혹시 챙겨둔 고대 금화가 있으면 잘 챙겨서 내일 아침 마법진으로 오너라."

"어이쿠! 다 챙기려면 한 짐인데 큰일이네요."

물론 농담으로 한 말에 농담으로 답한 것이다.

챙기려 했다면 호수 밑에 깔린 금화와 은화는 다 챙길 수도 있었다.

하지만 이곳에 있으면서 땅에서 금속을 찾아내는 기술이 늘어 언제든 숨겨진 금광을 찾을 수 있게 됐으니 이젠 의미가 없었다.

다음 날, 텔레포트진을 통해 보폴스 시티에 도착했다.

"일주일간 휴일을 줄 테니 마음껏 즐기고 연구소로 복귀하도록."

발굴 작업에 참여한 이들에게 상당량의 돈과 휴가가 주어졌다.

다들 흩어지는데 막심이 물었다.

"넌 어디로 갈 거냐?"

"글쎄요. 고민 중입니다. 한데 그건 왜 물으십니까?"

"할 일이 없다면 우리 집에 가는 건 어떠냐?"

내가 천애 고아라 갈 곳이 없다고 생각한 모양이다. 그의 마음 씀씀이는 고마웠지만 갈 곳이 있었다.

"휴가 때까지 같이 붙어 있자고요? 감사합니다만 사양하겠습니다."

"말하는 본새 하곤. 자! 이거 가져가라."

그가 받은 돈주머니를 건넸다.

"그런 눈으로 보지 마라. 명색에 자작인 내가 그깟 몇 푼 있으나 마나다."

"이건 감사하게 받죠. 그럼 일주일 뒤에 봬요."

"…훌쩍 떠나지나 마라."

그의 마지막 말에 손을 흔들어주고 인적이 드문 길로 걸어갔다. 그리고 플린 왕국의 왕궁으로 이동했다.

내가 올 때마다 이동하는 방이었다.

꾸벅꾸벅 졸고 있던 시종 한 명이 화들짝 놀랐다. 곧 정신을 차린 그는 인사를 꾸벅하곤 나갔고 잠시 후 그레이가 들어왔다.

"오셨습니까?"

"후작 작위를 받은 걸로 아는데 이제 다른 사람을 시켜도 되지 않겠습니까?"

그레이는 왕의 할아버지로 후작 위를 받았다.

"명목상의 후작일 뿐입니다. 식사를 준비할까요?"

"아뇨. 지난번 일이 어떻게 돌아가는지 알고 싶어 왔을 뿐입니다."

얌전히 있을 줄 알았던 아라가 본격적으로 신으로서 움직이기 시작했다.

그 첫 번째가 신전 건립이었다.

그 때문에 한동안 부지런히 서대륙과 중앙 대륙으로 오가야 했다.

위치 선정은 쉬웠다. 넓고 수많은 재료가 널려 있는 곳이 있었다.

그녀가 소환된 발칸 시티가 신전을 짓기에 제격이라 생각했고 아라는 반대하지 않았다.

"저희 플린에서는 15만 명의 일꾼을 투입했습니다."

"반발은 없었습니까?"

"몇 명의 귀족이 반발했습니다만 별문제 없이 해결했습니다."

"그렇군요. 제가 원한 건 아닙니다."

"알고 있습니다. 모든 게 베르나켄이 저지른 일 때문이라고 소문을 내고 있습니다."

"왕실에 대한 원망이 생길 텐데……."

"플린이라는 이름을 버릴 기회로 삼을 생각입니다."

"당신이 있어 다행이군요. 그럼 수고하세요."

"별것 아니지만 술 몇 병 준비해 뒀는데 가지고 가십시오."

"그레이 후작 드세요. 그럼."

다음으로 이동한 뮤트 제국.

베이튼 황제와 얘기를 나눈 후 도란스 삼국, 에스란 등을 차례차례 방문한 후 발칸 시티가 한눈에 보이는 공중으로 이동했다.

아라가 소환되며 피로 물들었던 발칸 시티는 이제 없었다.

백만 명에 가까운 사람이 개미처럼 움직여 새로운 신전을 쌓는 모습은 장관이었다.

노예가 아닌 돈을 받고 일을 하는 이들이라 큰 불만은 없어 보였다.

변해가는 발칸 시티를 보고 있는데 갑자기 마나의 일렁임이 느껴졌다.

"오랜만이네."

하늘하늘한 옷을 입은 아라였다.

"신을 뵙습니다."

정중하게 인사했다. 세상을 망하게 만드는 마왕 같은 심성을 가지지 않는 것만으로도 만족했다.

"불과 1년도 안 됐는데 많이 바뀌었네."

"세상에 변화가 없으니 제가 변하더군요."

"풉! 개똥철학도 많이 늘었고."

"한 가지 물어봐도 되겠습니까?"

"얼마든지."

"정말 영원히 세상의 신으로 남고 싶습니까?"

"왜? 이상한가?"

"네. 전 벌써부터 살아갈 날을 생각하면 아찔해집니다. 한데 영원이라니… 끔찍하군요."

"훗! 몇백 년만 지나면 이겨낼 거야."

"그렇습니까? 이런 상태로 몇백 년이라니 슬퍼지는군요."

"호호! 걱정 마. 그동안 심심하지 않게 해줄 테니까. 그리고 솔직히 나도 왜 그토록 살아나고 싶어 했는지 몰라."

난 그녀의 말에 눈을 동그랗게 뜨며 의문을 표했다.

"하지만 그땐……."

"그땐 드디어 부활했다는 생각이 강하게 들어 그렇게 말했을 뿐이야. 한데 나중에 곰곰이 생각해 보니 이유를 모르겠더라고. 그때 성벽에 매달려 있던 그 망할 놈……."

"벨리알 말이군요."

"그래. 그놈이 소환진을 만져놓은 바람에 약간의 기억을 찾지 못했거든."

"그런 말을 해줘도 되는 겁니까?"

"어때? 왜, 그런 약점이 있으면 날 이길 수 있을 것 같아?"

이길 수 있을까? 라는 생각이 들었지만 곧 고개를 저었다. 목숨을 걸 만큼의 의문은 아니었다.

"아닙니다."

"호호호! 왠지 처음 만났을 때의 네가 그리운걸. 그냥 말해 주는 거야. 한 사람쯤은 내 비밀을 알고 있어도 괜찮을 것 같아서 말이야."

이 여자가 무슨 생각을 하는지 도무지 모르겠다.

화제를 바꿨다.

"신전의 설계도를 보내 드렸는데 만족하십니까?"

"괜찮아. 어차피 마음에 안 들면 고치면 되잖아. 시간은 많고 할 일은 없지 않아?"

"…그렇군요."

차분히 얘기를 나누다 보니 신이 아닌 그저 조금 오래 산 인간에 불과하다는 생각이 들었다.

"참! 내가 시킨 일은 잘 되어가나?"

"조만간 한 곳은 찾을 수 있을 것 같습니다."

"오호~ 대단한데. 찾게 되면 연락해."

"그러겠습니다."

"좀 더 얘기를 나누고 싶은데 방해꾼이 오는군. 그럼 연락을 기다리지."

아라가 사라지고 얼마 되지 않아 한 사람이 빠르게 날아왔다.

미헬라였다. 여길 본 후 찾아가려고 했는데 오다니, 수고를 덜었다.

"내전은 잘하고 있어요?"

발칸 제국은 이젠 여섯 개의 왕국으로 나뉘어 내전 중이었다.

가장 강한 곳은 미헬라와 테린이 있는 룬멜이었다.

"덕분에. 이제 3개국만 남은 상태야."

"아직 멀었구나."

"아니, 슬슬 끝낼 생각이야."

"끝까지 갈 줄 알았더니."

"더 이상 전쟁을 했다간 국민들이 들고일어날 거야. 이미 충분히 많은 사람이 죽었잖아."

"다른 두 개의 왕국도 허락했고?"

"응. 전쟁을 멈추는 대신 두 왕국에 신전 공사에 투입될 사람들을 보내달라고 했어."

"훗! 여전히 영악하네."

일할 사람을 보내며 전쟁을 지속할 바에야 멈추고 내실을 다지겠다는 얘기였다. 그리고 국력이 쌓이면 그때 다시 전쟁을 할 것이다.

누가 뭐래도 제국의 천 년간 쌓인 금력을 챙긴 건 미헬라였으니 시간이 지날수록 다른 곳과 차이가 나게 될 것이다.

발칸만 아니면 되었기에 그녀가 뭘 하든 상관없었다.

"한데 무슨 일이야?"

"부탁이 있어서 왔어."

"말해."

"임신을 하고 싶어. 한데 몸에 있는 기생체 때문인지 가능하지가 않아."

"잠깐 봐줄게. 내려가자."

한적한 지상으로 내려가 그녀의 몸에 마나를 넣고 분석을 했다.

'역시. 기생체 자체가 8서클의 마나를 가지고 있다는 것만 다를 뿐 악몽의 숲에 살던 벌레를 이용해 만든 거야. 완전히 흡착되어 있어. 피트는 이것을 어떻게 다음 사람에게 옮긴 걸까?'

한참을 살피고 있자 미헬라가 물었다.

"힘들 것 같아?"

"어떤 식으로 다음 사람에게 옮기는지 않아?"

"나도 듣기만 했는데 내궁에서 이동 의식을 했대."

"그 방에 뭔가가 있었나 보네. 하지만… 이제 찾는 것이 불가능하지."

아까 봤을 때 내궁은 완전히 해체된 상태였다.

"방법이 없는 건가?"

"찾고 있는 중이야. 무작정 제거하기엔 네 머리까지 뻗어 있어 위험하거든. 근데 어떤 쪽이든 넌 마법을 잊게 될 가능성이 높아."

"상관없어. 각오는 했으니까."

기억까지 빼앗고 다른 사람의 몸으로 가는 기생체.

'미헬라와 관계를 맺으면 그제야 나에게 넘어온다고 했었지. 그렇다면 설마 서로를 잡아당기는 건가?'

"실례."

미헬라의 아랫배에 손을 올렸다. 그 순간 그녀의 생식기에 뻗어 있던 기생체가 꿈틀댔다.

'착하지, 이리 와. 기억은 건드리지 말고.'

근데 웃기게 꿈틀거리기만 할 뿐 더 이상의 변화는 없었다. 다른 뭔가가 필요한 모양이다.

"이제부터 너에게 환상 마법을 펼칠 거야. 섹스를 하는 환상."

"차라리 하는 게 낫지 않아?"

"왕비마마, 체통을 지키시죠. 그건 최후의 방법으로 남겨두죠."

"알았어. 대신 주위를 막아주고 눈을 감아. 혼자서 발광하는 모습, 보여주고 싶지 않아."

"알았어. 그럼 시작한다."

눈을 감아도 다 보인다는 말은 하지 않았다.

환상 마법을 걸자 그녀는 바로 신음 소리를 흘리며 서서히 뜨거워져 갔다.

그와 함께 심하게 꿈틀거리는 기생체.

10분 정도 지났을까, 마침내 기생체가 허물을 벗듯이 빠져

나와 손이 있는 곳으로 꿈틀거리며 나왔다. 그리고 내 손에 이르자 스르륵 스며들었다.

죽여야 하는지 내버려 둬야 하는지 고민하는 사이, 기생체는 뒷목 쪽으로 올라오더니 마치 등 뒤에 있었던 기생체가 그러했듯이 온 머리로 가지를 뻗었다.

죽일 수 있었지만 왠지 그러면 안 될 것 같은 생각이 들었다.

'피트! 이것이 너의 마지막 안배이길 바란다.'

일단 내버려 두기로 했다.

정신을 차리고 미헬라를 보자 그녀는 정신을 잃은 듯 누워 있었다.

갑작스럽게 몸에 가득하던 마나가 사라져 버려서 그런지도 모르겠다.

환상 마법을 풀고 옷을 입혔다.

스스로 평범해지기를 바랐으니 더 이상 해줄 것은 없었다.

테린의 기운을 느끼고 그대로 이동했다.

"아우스!"

"왕관이 제법 잘 어울리는군요, 테린 왕이시여."

"우리 사이에 무슨. 미헬라는?"

"기생체를 제거를 했더니 정신을 잃었어요. 아무 일도 없었으니 걱정 말아요."

"내가 어떻게 놀았는지 알면서 그런 말을 하다니. 이제 마법을 완전히 잃은 거야?"

"네. 지금부터 다시 수련하면 건강엔 많은 도움이 될 겁니다."

"으음~".

테린과 얘기를 하는데 미헬라가 깼다.

그녀는 현실감이 없는지 잠시 두리번거리다가 테린과 날 보며 중얼거렸다.

"테린… 아우스……."

"다행히 기억을 잃지 않았나 보네요."

"…웅. 근데 몸에 힘이 없어."

"지금부터 열심히 수련하세요, 왕비님. 임신 꼭 성공하고요. 그럼 전 이만."

안쓰러워하면서도 사랑스러운 눈길의 테린과 그런 그를 향해 웃어주는 미헬라를 보니 날 기다리는 이들이 생각났다.

＊   ＊   ＊

…힘을 얻게 된 인간들은 그 힘이 어디로부터 왔는지를 망각했다. 그리고 해서는 안 되는… 여신은 분노했다. 그리고 인간은 그 힘을 감당할 힘을 가지고 있지 못했… 수천 명의 신이 살고 있는 대지에서 쫓겨난 여신. 아홉 명의 신이 언제까지 그녀의 분노에서 우리를 지켜줄 수 있을지…….

얼마나 오래된 책일까. 2000년 전의 책들과는 또 다른 재질의 책이다.

노바 시티의 대도서관에 있을 때부터 망가진 건지 아님 지진으로 땅에 파묻히면서 망가진 건지 모르지만 제대로 읽을 것이 없었다.

사실 누더기보다 못한 그냥 갈가리 찢어진 걸레였다. 겨우 몇 단어, 몇 문장만이 남아 있었다.

그나마 9서클이라 남들이 볼 수 없는 부분까지 읽을 수 있기에 그나마 정보를 얻을 수 있었던 거다.

"이로써 이것도 끝."

공책에 누더기를 붙여놓는 것으로 복원을 끝냈다.

"시간이 벌써 이렇게 됐나. 야참이나 먹으러 갈까."

벌써 11시였다.

식당으로 내려가자 몇몇 학자가 식사를 하며 책을 보고 있었다.

방해가 될까 조용히 빵과 스프, 과일 몇 가지를 챙겨 식탁에 앉았다.

'위치만 알면 좋겠는데.'

타우론이 보폴스 시티라는 것에 대해 학자들 사이에 의견이 분분했다.

드래곤이 살았던 거대한 산이 이유 없이 낮은 언덕이 되었을 가능성이 없다고 봤기 때문이다. 그러나 난 이미 확신을 한 상태다.

다만 입구라도 알면 좋을 텐데 그와 관련된 책은 아직 없었다.

"오, 포브스! 늦은 시간까지 안 자고 있었군."

"오후에 하던 복원이 이제야 끝났습니다. 근데 그러는 샤무엘 님은 이 시간에 웬일입니까?"

"그냥 샤무엘이라고 불러. 자네가 복원한 책을 읽느라 저녁을 먹지 않았더니 배가 고파서 말이야, 하하하!"

샤무엘은 3월에 합류한 학자로 포볼리아 너머의 작은 왕국, 다트에서 온 이였다.

그는 먹을 걸 잔뜩 챙겨 와 내 앞에 앉았다.

"전설, 신화가 이렇게 재미있는지 알았다면 진즉에 연구를 했을 텐데 말이야."

"그동안은 무얼 연구하셨는데요."

"연구랄 게 뭐 있나, 그냥 옛이야기를 엮어 책으로 만들어 팔았지."

"그런데 여긴 무슨 일로?"

"슬슬 얘깃거리가 떨어져서 말이야."

"옛이야기라면 거의 무한하지 않습니까?"

"하하! 내가 이야기를 만드는 건 영 시원찮아서 말이야. 그리고 듣다 보면 비슷한 얘기들이 많네. 그런 것들은 뭉뚱그려서 하나의 이야기로 냈거든."

"학자의 관점에서 쓰셨군요."

"정확한 표현이야. 돈도 떨어지고 쓸 책도 없고 이래저래 고민하다가 연구소가 있다고 해서 왔다네."

"그렇군요."

성격이 좋은 건 알았지만 말까지 많은 줄은 처음 알았다.

자신의 얘기를 구구절절 얘기하는데 마치 장편소설처럼 길고 흥미진진하다.

"…샤무엘의 생을 책으로 쓰면 될 것 같은데요."

"그래볼까도 했지. 그런데 막상 앉으면 전혀 써지지 않더라고."

"대필할 사람을 구하면 되잖아요."

"아! 그 방법이 있었군, 하하하! 다음에 여기에서 나가면 꼭 그래봐야겠어."

"분명 성공하실 겁니다."

이미 식판은 다 비운 상태. 적당히 이야기를 마무리하려 했다.

"그리 말해주니 고맙군. 참! 혹시 옛이야기 책이 필요하면 말해주게. 팔다가 남은 책이 있거든. 잠이 안 올 때 읽으면 제격이라네, 하하하! 아! 그러지 말고 지금 갖다 줄까?"

다음에 줘도 된다고 말하려는 사이, 그는 이미 달려갔다.

결국 그의 책 세 권을 받아서 방으로 돌아왔다.

현재 쓰고 있는 방은 처음 올 때 쓰던 방이 아닌 15제곱미터 정도의 크기다. 피아 공주에게 새로운 남자가 생기면서 밀려났다.

방은 좁아졌지만 마음은 오히려 편해진 상태.

근데 내 평화를 방해하는 인물이 내 방 앞에 서 있었다. 세네카다.

"…세네카 님."

"별로 반갑지 않은 모양이군. 공주 전하께서 안에서 기다리고 계시네."

안으로 들어가자 침대에 걸터앉아 있던 피아 공주가 나비처럼 날아와 안기려 했다.

하지만 손을 올려 막았다.

"무슨 일이십니까?"

"당연히 네가 보고 싶어왔지."

"전 더 이상 공주 전하와 관계를 유지할 생각이 없습니다."

"…무슨 소리야. 내가 잠시 널 찾지 않았다고 하는 모양인데 그러지 마."

"저한테 이럴 시간에 다른 남자를 찾으세요. 그편이 빠를 겁니다."

환상 마법에 빠지게 해줄 수도 있다. 그러나 이미 틀어진 관계에서 그 정도 마나를 쓰는 것조차 아까웠다. 이용할 가치도 더 이상 없고 말이다.

"너……."

그녀가 말을 하기 전에 끊었다.

"헤어진 남자들이 매달린다고 해서 받아주신 적이 있으십니까? 지금의 모습은 공주 전하답지 않으십니다."

누구든지, 설령 왕족이라도 많은 이성을 만날 수는 있지만 강제할 수는 없다. 그것이 보폴스 왕국의 법도다.

"…후회하게 될 거야."

"그건 그때 생각하죠."

피아 공주는 잠깐 노려보다가 밖으로 나갔다.

서로 이용하던 사이에 '두고 보자!' 화를 내고 간다고 화낼 이유는 없었다.

그녀를 보내고 마법을 이용해 간단히 씻었다. 그 다음 침대에 누워 책을 펼쳤다.

"정말 잠이 잘 오게 해주는 책일까?"

오늘은 왠지 푹 자고 싶었다. 하지만 책을 읽기 시작하자 잠은커녕 정신이 또렷해졌다.

"너무 재미있는데."

세상이 어떻게 만들어졌는지를 알고 있어서 그런지 몰라도 옛이야기의 대부분이 누군가가 실제 겪었던 이야기들을 구전으로 전한 것처럼 느껴졌다.

어느새 잘 생각도 잊고 한 권을 다 읽었다. 그러곤 주저 없이 다음 권을 들었다.

"어? 이건!"

두 번째 권을 절반쯤 읽었을 때, 눈에 띄는 이야기가 있었다. 이야기의 내용은 이랬다.

죽을병에 걸린 남자가 드래곤을 만나 빌면 살 수 있다는 말에 무작정 타우론으로 향했다. 피를 토하며 겨우겨우 타우론 앞까지 도착을 했지만 거대한 강이 앞을 가로막고 있어 더 나아갈 수 없게 되었다.

빙 돌아서 가기엔 늦었다고 생각한 그는 타우론 산을 향해 큰 소리로 자기가 살아야 할 이유를 설명하곤 고통스럽게 죽기보단 편하게 죽을 요량으로 강물에 뛰어들었다.

한데 그의 말을 드래곤이 듣고 구해줬는지 눈을 떴을 때 살아 있었다. 그리고 그곳에서 드래곤을 만나게 된다.

한 가지 소원을 들어준다는 드래곤의 말에 그는 목숨을 살려달라고 했고, 병이 깨끗이 나아 고향으로 돌아가 행복하게 오래오래 살았다는 전형적인 옛이야기.

'입구가 남쪽에 있는 강 속에 있는 건가?'

보폴스 시티 남쪽으로 1㎞ 지점에 수도의 수원이라 할 수 있는 큰 강이 흐르고 있었다.

아무래도 옛이야기에서 힌트를 얻은 것 같았다.

'내일 며칠 간 휴일을 얻어서 찾아봐야겠어.'

정신을 보내볼까도 했지만 그래도 신이라 불리는 이가 만든 곳인데 정신체로 찾기엔 힘들 것 같았다.

잠을 푹 잔 후 일어나 아침을 먹고 있는데 기사가 찾아와 소장이 부른다고 했다.

"무슨 일이냐?"

갑작스러운 소장의 부름이 이상하다고 생각했는지 막심이 물었다.

"아무래도 슬슬 떠날 때가 된 것 같습니다."

짐작 가는 바가 있었다.

"무슨 말이냐! 어디를 간단 말이야? 설마?! …공주 전하와 관련 있는 것이냐?"

"짐작일 뿐입니다. 그리고 설령 진짜라고 해도 아무 말도 마십시오. 저도 슬슬 떠나려던 참이었습니다."

"…어디로 가려고?"

"동쪽으로 천천히 가볼 생각입니다."

"꼭 가야겠느냐? 너라면 아카데미의 교수가 될 재목이다."

"좋게 봐주서서 고맙네요. 하지만 천생이 돌아다닐 팔자입니다. 괜히 공주 전하께 소리 높이지 마세요. 나이 들어서 길바닥에 나앉기 싫으면요."

"…끝까지 속을 긁는구나. 수도에 다시 들르면 그땐 꼭 보러오고."

"그러려면 건강하게 오래 사세요. 아님 무덤에 꽃 한 송이 올려 드리죠."

"망할 자식……."

욕을 하는 그의 목소리엔 평소와 달리 힘이 없었다. 피식 웃으며 가볍게 안아주고 밥을 먹고 있는 샤무엘에게 갔다. 그리고 돈주머니 하나를 그에게 건넸다.

"이거 뭐야?"

"책값입니다. 아주 재미있던데요, 유익하기도 하고."

"재미있게 읽은 걸로 충분해. 이건 필요 없다."

"그럼, 나중에 좋은 책 쓰는 데 보태세요."

"…어디 가냐?"

눈치도 빠르네.

"소장님이 불러서 갑니다. 식사 맛있게 하세요."

가볍게 인연을 정리하고 소장실로 갔다.

"내가 무슨 말을 할지 알고 온 얼굴이군."

"떡으로 흥한 자, 떡으로 망한다고. 여자 덕 보고 들어와서 여자 때문에 나가게 된 거죠."

"공주 전하와 다시 사귈 마음은 없는 것 같군?"

"질척거리는 게 싫어서요."

"말하기 편하게 해줘서 고맙군. 아무래도 연구소에서 나가 줘야겠네."

"그러죠."

"가지고 왔던 짐만 가지고 갈 수 있네. 그리고 이건 그동안 일한 것에 대한 보상일세."

그는 제법 두툼한 금화 주머니를 줬다.

"세상을 떠돌려면 돈이 필요하니 받겠습니다."

"인사는 끝냈나?"

"간단히 했습니다. 이별은 짧을수록 좋으니까요."

"깔끔하군. 잘 가게."

소장과 인사를 하고 방으로 가서 가방을 챙겼다. 그리고 바로 연구소를 나섰다.

입구에서 세네카가 나오고 있었다.

"나오지 않기를 바랐는데……."

"잡으실 생각입니까?"

"그건 아무리 공주 전하의 명령이라도 불가능하다. 왕실이 국민들에게 거의 무조건적인 충성을 받을 수 있는 건 국민들이 싫어하는 일은 절대 하지 않기 때문이다."

"좋은 마인드군요."

"다만 너의 행방을 놓치지 말라는 명령을 들었다."

"…훗! 허점을 이용하는 거군요. 뭐, 그러십시오. 저야 공짜 경호원이 생기는 거니까요."

"어디로 갈 건가?"

"동쪽으로 계속 가볼 생각입니다, 그럼."

따라오든 말든 신경 쓰지 않고 남쪽으로 갔다. 세네카는 따라오지 않고 두 명의 기사가 따라왔다.

강변에 이르러 뒤를 돌아봤다. 그리고 두 기사를 향해 외쳤다.

"피아 공주에게 전해주세요. 질척이는 여잔 질색이라고, 그럼."

내가 뭘 하나 지켜보던 두 기사의 얼굴에 당혹감이 서릴 때 나는 강에 빠졌다.

물살의 흐름에 잠깐 몸을 맡긴 채 있다가 본격적으로 입구를 찾기 시작했다.

신이 만든 곳이라 다른 건지 어느 정도 내려갔지만 느껴지는 곳이 없었다.

거슬러 올라가면서 찾아도 마찬가지.

꼼꼼히 살피며 몇 번이고 왔다 갔다 했지만 찾을 수가 없었다.

'잘못 생각한 건가? 이럼 곤란한데……'

이러면 연구소에 숨어들어 가 책을 읽어야 했다.

'이야기 속 남자처럼 정신을 잃은 것처럼 몸을 맡겨야 하나? 아님 고함을 치거나?'

일단은 몸을 맡겨보기로 했다.

상류로 올라가 바닥에 긁히거나 벽에 부딪혀도 신경 쓰지 않고 떠내려갔다.

절반쯤 내려갔을까. 한 지점을 지나자 물을 거슬러가거나 잔뜩 긴장했을 때는 느끼지 못한 묘한 느낌이 내 몸을 훑었다.

'여기군.'

묘한 느낌이 나는 곳에 그대로 멈췄다. 그리고 느낌을 유지하면서 살폈다.

집중하지 않으면 보이지도 않은 얇은 빛이 강바닥 조금 위에 드리워져 있었다.

벽으로 가서 꼼꼼히 만지는데 갑자기 '그르릉' 하는 소리와 함께 구멍이 생겼다.

강에 뛰어들었던 남자는 운이 좋게도 이 근처에서 나무 따위에 몸이 걸려 벽에 있는 뭔가를 건드린 게 틀림없었다.

U자형으로 된 통로를 지나 수면 위로 올라가자 작은 지름이 20미터 정도 되는 공동이 나왔다.

"음, 이렇게 작은 곳에서 지냈을 리는 없을 텐데. 잘못 찾은 건가?

중앙에 하나의 석상이 서 있는 걸 제외하곤 아무것도 없는 곳이었다.

벽을 돌면서 혹시 다른 쪽으로 가는 곳이 있나 살펴보는데 갑자기 소리가 들려왔다.

―이곳은 허락받지 못한 인간이 들어올 곳이 아니다. 조용히 물러난다면 내가 들어줄 수 있는 소원을 하나 들어주지.

"누구냐!"

인기척은 없었다. 그렇다고 특별한 마나의 기운이 느껴지는 것도 없었다.

―인간에게 대답할 이유 없다. 소원을 빌고 돌아가겠느냐, 아님 벌을 받겠느냐.

"소원을 빌겠다."

―말하라.

"프란이 있는 곳으로 가고 싶다."

─…불가하다.

"소원을 들어준다면서 막상 얘기하자 들어주지 않겠다니, 뭐가 이래?"

─경고한다. 물러나지 않겠다면 물러나게 해주겠다.

"그러든가."

울림이 석상에서 들리는 건 알겠는데 그곳엔 마법의 흔적도 인기척도 전혀 느껴지지 않았다. 아마 신들이 이계에서 가져온 물건인가 보다.

─1단계 개방.

목소리와 함께 한쪽 구석에서 마나의 움직임이 감지됐다.

＊　　＊　　＊

금발에 2미터에 가까운 키, 곰을 연상케 하는 남자가 모습을 드러냈다.

예전에 본 적이 있어 어떤 존재인지 바로 알 수 있었다. 그는 프란이 남겨둔 의지가 분명했다.

'의지를 남기는 방식을 대충 알겠군.'

좋은 것 하나 배웠다.

"쯧! 어느 놈이 권주를 마다하고 벌주를 마시겠다고 난린 거야."

프란의 의지는 짜증스럽다는 듯 중얼거리곤 나를 노려봤다. 프란이 나타났을 때부터 어떻게 대할지 고민하고 있던 나는 얼른 답했다.

"위대한 타우론의 신, 프란 님을 뵙습니다."

"그걸 아는 녀석이 거부를 했다는 게 더 기분이 나쁘네. 원하는 게 뭐냐? 어? 가만… 너 9서클이구나. 혹시 영혼 전이가 성공한 건가?"

"역시 바로 알아보시는군요. 참고로 영혼 전이에 성공한 동료는 아닙니다. 전 그냥 접니다."

"…그런가?"

"프란 님이 살아계실 때부터 대략 3000년이 넘게 흘렀습니다."

"…내가 죽었다는 거냐?"

장난스럽게 말하던 그는 갑자기 심각한 표정이 되어 물었다.

"아마도요. 혹시 살아계십니까?"

"…아니. 본체가 느껴지지 않는 걸 보니 죽은 모양이군. 허허, 아라가 기어코 성공한 모양이네."

뭐야? 아라에게 죽지 않았다면 아직도 살아 있을 거라는 말처럼 들리는데.

아무리 9서클이라도 그게 가능해?

"불사의 몸이십니까?"

"큭! 불사라면 죽지 말아야지."

"아! 그렇군요."

"본체는 사라지고 남겨둔 의지만 남게 되다니 우습게 됐군."

"안타깝게 됐습니다."

"그렇게 말하지 않아도 돼. 의지이기에 감정 따윈 거의 없으니까. 본체가 죽었음에도 느끼는 건 그저 씁쓸한 정도지. 본론으로 들어갈까. 날 깨운 이유가 뭐지?"

"깨우려고 한 건 아니고 혹시 본체가 살던 곳을 구경 좀 할 수 있을까 하고요."

"도굴범인가?"

"9서클이 왜 도굴을 하겠어요. 금괴 따윈 땅에서 얼마든지 뽑아낼 수 있는데요."

"그렇긴 하군. 그럼 보물을 얻는 것도 아니면서 왜 보려고 하는 거지?"

"순수한 호기심이라고 할까요. 사는 게 심심해서 말이죠, 하하하!"

"오래 사는 삶이 꼭 행복하다고만 할 수는 없지."

"이해해 주신다니 감사합니다. 그럼 구경을 해도 되겠습니까?"

"9서클에 이르렀으면 머리가 나쁘진 않을 텐데. 아니, 멍청한 척하는 건가?"

"하아~ 혹시나 될 줄 알고 해봤는데 역시 그냥은 안 되나 보군요?"

눈앞의 존재는 말 그대로 남겨둔 의지, 즉 자의를 가진 존재가 아니라 명령에 따라야 하는 에너지체였다.

"알면서도 저자세를 취했다니 참 어리석군."

"다른 걸 얻을 수 있지 않을까 해서 그런 거죠."

"다른 것?"

"가령 아라 신이 왜 샹카에서 쫓겨났는지 같은 질문에 대한 답요."

"오호! 유적지를 많이 다녔나 보군."

"몇 군데 다녔죠. 샹카, 아라 신의 얼음 성, 마루 신의 용암 성."

"마루도 죽었나 보군."

"제가 알기론 모두 죽었습니다."

"…그렇군. 차라리 잘된 건지도."

그는 착잡하게 중얼거렸다. 그러나 스스로 감정이 없다는데 유감을 말할 이유가 없었다.

"방금 물은 질문에 대해선 말을 못 해주는 겁니까? 아님 모르는 겁니까?"

"재촉하지 마. 본체가 의지를 남길 때 묻어온 생각과 감정들로 이루어져 있어서 희미한 것은 떠올려야 해."

"…천천히 생각하세요."

"음, 찾았어."

"뭡니까?"

"가만, 한데 너한테 말해줘야 할 이유가 없잖아?"

정말이지 미친놈처럼 오락가락하는 의지 따윈 당장에 없애

버리고 싶다. 아마 이 의지를 만들 때 프란은 제정신이 아니었음이 분명했다.

다만 미쳤기에 더 들을 수 있는 가능성이 높다는 생각이 들어 설득을 했다.

"저도 많은 정보를 드렸잖아요."

"아! 그렇지. 그럼 특별히 말해주지. 그녀가 쫓겨난 이유는 우리가 이곳에 만든 모든 생명체를 죽이려 했기 때문이야."

"네? 생명체를 죽여요? 왜요?"

뭔가 섬뜩한 기분이 들었다.

왠지 그녀가 기어코 되살아나려 했던 이유를 알게 된 것 같았다.

"그건 모르겠어. 다만 그녀를 무척 가엾게 생각했던 것 같아. 뭐랄까, 그녀가 생명체를 말살하려던 것이 이해가 된다고나 할까. 그녀는 우릴 지독하게 증오했지만 말이야."

"자신의 일을 방해했다고 생각한 모양이군요?"

"응. 그런 것 같아. 더 궁금한 게 없으면……."

"있습니다. 혹시 다른 신들의 거처를 알고 계십니까?"

"몰라. 특별한 일이 없다면 백 년씩 연락하지 않은 적도 있으니까."

"혹시 근처만이라도!"

"음, '야' 무슨 산맥에 살던 녀석이 있다는 정도만 어렴풋이 떠오를 뿐이야."

"첩첩산중이라면 야리힐 산맥입니까?"

"모르지. 없는 걸 떠올릴 재주는 없어."

"그럼……."

"이제 질문은 그만! 네가 나에게 말해준 것만큼 충분히 답해줬어."

이젠 뭐라고 해도 말해줄 것 같진 않았다. 그러나 한 번만 더 꾀어보자는 생각에 말했다.

"궁금한 점을 풀어주셔서 감사합니다. 그래서 해드리는 말인데 의지 상태로 절 이길 수 없습니다. 싸운다면 소멸될 겁니다."

"훗! 아까 멍청하다고 한 말은 취소해야겠군. 영악해. 하지만 그렇다고 더 이상 해줄 말은 없다."

"눈치를 채셨군요. 하지만 소멸될 거라는 건 사실입니다."

"알아. 본체가 나에게 맡긴 임무는 쓸데없는 이들의 출입과 아라를 막으라는 것이다. 한데 반드시 내가 해야 하는 건 아냐."

"…문지기셨군요."

"딩동댕! 바로 막을 수 있는 것이 있는 곳으로 이동시키는 게 내 임무야. 잘 가게."

"살아남으면 다시 뵙죠."

"아니. 누가 이기든 우린 볼 수 없어."

"그렇군요. 그럼."

말이 끝나자 몸이 다른 곳으로 이동했다.

40㎡ 정도 되는 정사각형의 새하얀 방. 한쪽 구석에 3미터는 족히 넘어 보이는 인간형 괴물이 서 있었다.

날개는 없지만 꼬리가 달린 것이 마치 샹카에서 본 적이 있는 피에스타의 남성형처럼 느껴졌다.

몬스터는 눈을 뜨더니 나를 돌아봤다.

"강하게 생겼군. 근데 그때의 나완 비교도 되지 않을 만큼 강하거든."

말이 끝남과 동시에 공격을 했다. 압축된 공기가 터지는 '팡' 하는 소리와 함께 놈의 상체가 날아가 버렸다.

"…뭐야? 이게 끝이야?"

장난인가 싶었다.

한데 핏자국처럼 흩어져 있던 놈의 파편들이 서서히 모여들더니 다시 몬스터의 형체를 이루었다.

"모래 괴물인 거냐?"

팡! 다시 터졌다. 한데 이번에는 좀 더 빠르게 원래대로 돌아왔다. 그리고 나에게 뚜벅뚜벅 걸어왔다.

"설마 말려 죽이는 작전인 거냐?"

다가오는 놈의 상체를 계속 날려 버렸다. 하지만 이제 바닥에 뿌려지지 않고 공중에서 그대로 다시 뭉쳐서 달려왔다.

그 모습이 마치 사라졌다 나타났다 반복하며 다가오는 것처럼 보였다.

놈은 기어코 가까이에 와서 주먹을 휘둘렀다.

"뭐 이런 개 같은 경우가!"

물론 느릿한 그의 공격을 맞진 않았다.

"인페르노!"

놈의 상체를 날리고 바로 태워 버릴 수 있는 강력한 화염을 발사했다.

한데 놈을 벌게지기만 할 뿐 멀쩡했다. 다만 좀 전과는 비교도 안 될 만큼 빨라졌다.

순식간에 다가온 놈은 다시 주먹을 휘둘렀다. 피하기 귀찮아서 다시 상체를 날리려 의지를 발했다.

파앙!

당연히 상체가 날아가 버릴 줄 알았는데 고개만 휙 돌아갈 뿐이었다. 그리고 마침내 날 때렸다.

1미터쯤 물러나는 정도였지만 놀람은 컸다.

"점점 강해진다? 그럼 이것도 막아봐!"

좀 더 힘을 더했다.

상체뿐만 아니라 온몸이 가루가 되어 바닥에 퍼졌다. 근데 산산이 흩어졌음에 잠시 후 다시 뭉쳐졌다.

"하아~ 미치겠네. 도대체 뭐가 이래."

내가 힘을 쓰면 쓸수록 놈은 강해졌다.

얼마나 싸웠을까. 몬스터는 나와 싸울 만큼 강해졌다.

쿠웅! 콰앙!

"크윽!"

놈의 발차기에 당해 한참을 날아 벽에 부딪혔다.

아라를 제외하고 누구에게도 절대 지지 않을 줄 알았는데 이렇게 당할 줄이야. 울컥 올라오는 피를 뱉고 일어났다.

"내가 강해지면 놈도 강해진다. 뭔가 비밀이 있을 텐데 과연 뭘까? 처음엔 분명 5서클 마법에도 부서지던 놈이 이젠 9서클 마법으로도 부수기 힘들다니."

중얼거리는 사이 놈이 다가왔다. 그리고 주먹을 휘두른다.

정말 단순한 공격. 그럼에도 처음에 비하면 수백 배 넘게 빨라지니 좁은 공간에서 피하기 급급해졌다.

피할까 하다가 지금은 피하는 것보다 생각하는 우선이라 중첩 쉘을 만들었다.

"중첩 쉘!"

콰앙!

놈의 주먹에 중첩 쉘 일부가 부서져 나갔다. 다시 날아오는 주먹. 역시 중첩 쉘을 만들었다.

콰앙! 하는 소리와 함께 내부에 있음에도 충격이 느껴졌다.

'어라? 이번엔 안 부서졌네?'

쉬익! 쾅! 쉬익! 쾅!

생각하는 사이에 놈의 주먹이 연속해서 중첩 쉘을 두드렸다. 하지만 중첩 쉘은 부서지지 않았다.

부서지지 않아서일까, 그는 내 앞에 선 채 멈췄다.

그 순간 머리를 스치는 생각이 있었다.

"설마? 내 힘을 이용하는 거였어?"

놈의 원리를 짐작하고 나자 모든 게 이해가 됐다.

내가 쓰는 힘을 에너지로 변환해 자신의 힘으로 만들어 움직였던 것이다.

"그저 여기를 빠져나가지 못하게 만드는 목적인가?"

쉘을 두른 채 움직이자 놈은 따라왔다. 쉘을 풀자 공격해 왔다.

아무것도 하지 않고 오로지 피하기만 했다. 대여섯 번 계속 피하자 또 멈췄다.

가지고 있던 에너지의 일부가 없어질 때까지 새로운 에너지를 받지 못하면 움직임을 멈추고 눈만 움직이는 패턴인 모양이다.

문득 좋은 생각이 났다.

"그럼 이런 경우는 어떻게 할 거지?"

서 있는 놈의 머리 위에 검은 공간이 생기더니 그를 삼켜 버렸다. 잠시 기다렸지만 어느 곳에서도 나타나지 않았다.

"뭐야? 이렇게 간단하게… 쩝! 약 올리는 거냐?"

기뻐하려는데 귀퉁이 한 곳에서 공간이 찢어지며 놈이 다시 나타났다.

"짜증 나! 차라리 안 찾고 말지. 차라리 아라 신을 부를까?"

찾자마자 부를 수 있었지만, 그녀의 약점이 될 만한 것을 찾을 수 있을까 봐 부르지 않았다.

한데 이쯤 되자 그냥 불러서 그녀의 처리 방법을 보는 게 낫겠다 싶었다.

결국 포기하고 그녀를 기운을 느끼려 했다.

"뭐야! 아무것도 느껴지지 않잖아. 탈출을 해볼까?"

이동을 하려 했지만 정육면체의 공간을 벗어나는 건 불가능했다.

"아라를 위한 함정이라더니……."

당장 좋은 생각이 나지 않아 구석으로 가 앉았다. 그리고 빠져나갈 방법을 궁리했다.

"으아~ 모르겠다!"

몇 시간쯤 지났을까. 결국 머리를 감싸고 소리를 질렀다. 아무리 생각해도 방법이 없었다.

몬스터는 여전히 자기를 공격해 달라는 듯 서 있었기에 무시했다.

"이렇게 된 거 밥이라도 먹어야겠다."

노바 시티에서 발굴을 끝내고 휴가를 받았을 때 챙겨둔 것들인데 잘 있는지 모르겠다.

허리춤에 매어둔 아공간 가방에서 아무 생각 없이 음식물을 꺼냈다.

다행히 먹을 만한 수준이었다.

뭘 만들어 먹을까 생각하며 꺼내놓은 음식물들을 찬찬히 살폈다.

"응? 이런 채소와 향료를 내가 산 적이 있었나?"

살짝 눌려진 공처럼 생긴 하얀색 배추와 시큼한 맛을 내는 향료는 알고는 있지만 그리 즐겨 먹는 것이 아니었다.

순간 기묘한 느낌을 받았다. 그래서 기억을 더듬어 산 물건들을 떠올렸다.

분명 향료는 가루 형태로 된 것만 샀고, 배추는 산 적이 없었다. 거기에 두어 가지 과일도 샀다.

다시 아공간 주머니에 손을 넣었다.

그랬더니 향료병과 과일이 나왔다.

"큭! 저 괴상한 몬스터를 던져놓고 눈을 가린 거군."

저 몬스터도, 이 정육면체의 공간도 모두 가짜였던 것이다.

"9서클 마도사의 눈을 속일 수 있는 환상 마법이 있을 줄이야."

어떤 수를 썼는지 모르지만 프란의 의지를 만나고 이동하는 중에 당한 게 분명했다.

"크아아아아앙!"

함정의 정체를 깨달아서일까. 지금까지 울부짖지 않던 몬스터가 고함을 치며 달려들었다.

다시 주의를 돌리려고 하는 모양인데 아예 무시했다. 그리고 몸을 중심으로 강력한 얼음 마법을 발했다.

"데쓰 블리자드!"

주위는 급속도로 차가워졌다.

몬스터가 얼어붙고 정육면체의 공간마저 하얗게 얼어갔다. 그리고 마침내 '쩌엉!' 하는 소리와 함께 공간이 깨졌다.

*   *   *

야리힐 산맥은 중앙 대륙에서 동대륙으로 넘어가는 곳에 위치한 산맥으로 발칸 산맥은 언덕 정도로 생각될 만큼 수천 미터의 산들이 즐비했다.

거기에 수많은 몬스터가 살고 있어 과연 인간이 살기는 할까 싶은 지역이다.

해발 2,000미터 지역에 위치하고 왕국의 3분의 2가 야리힐 산맥과 접해 있는 바투만 왕국의 최동단의 캐릴 영지.

"상당히 많은 사람이 살고 있어."

"몬스터가 우글거리는 곳인데요?"

내가 내민 향신료 세트를 탐욕스럽게 바라보는 노인은 말을 이었다.

"몬스터보다 더 무서운 게 뭔지 알아?"

"글쎄요. 저 같은 사람을 잡아먹는 몬스터가 제일 무섭습니다만."

적당히 맞장구를 치며 답했다.

"쯧쯧! 진짜 무서운 건 세금이야."

"예? 세금이 몬스터보다 무섭다고요?"

"그럼. 초대 바투만 왕께서 즉위하기 전의 일이야."

"뱅크 왕국 때 말씀이군요."

"오! 역사에 대해선 제법 아는군. 아, 자네, 역사학자라고 그랬지?"

"옛이야기를 모으는 학자죠."

"그게 그거지. 아무튼 뱅크 왕국의 마지막 국왕이었던 놈이 엄청 사치를 즐겼대. 흥청망청 쓰다 보니 선대 왕들이 대대로 모아둔 돈까지 다 써버렸다더군."

"그래서 세금을 올렸군요."

"맞아. 얼마였는지 아나? 자그마치 90퍼센트였어."

"헉 소리가 나는군요."

"30퍼센트만 되어도 굶어 죽는다는 소리가 나오는데 90퍼센트라니. 마누라를 팔고 자식을 잡아먹고, 인세의 지옥이 따로 없었다더군. 아무튼 살아남은 자들은 어차피 죽을 거 도망가기로 마음을 먹었다네. 한데 이 빌어먹을 국왕이 서쪽은 다 틀어막아 버린 거야. 그럼 어디로 가겠는가?"

"야리힐 산맥이군요."

"그렇지. 어차피 죽을 거라면 몬스터에게 죽는 게 낫겠다 싶은 거였지."

"국왕이 가만히 있었습니까?"

"그럴 리가. 마법사와 기사들을 대거 동원해 놈들을 잡으려고 했지. 근데 실패했어. 몬스터 때문이기도 하지만 야리힐 산맥은 신이 보호하는 곳답게 마법으로 사람을 탐지할 수 없다더군."

안다. 야리힐 산맥엔 마법적인 결계 같은 것이 펼쳐져 있었다. 나에겐 소용이 없었지만 말이다.

"그럼 그때 들어간 사람들의 후손들이 살아 있는지 없는지 모르겠군요?"

"쯧! 자넨 얘기를 어디로 듣는 겐가? 어째 늙은 나보다 기억력이 없어?"

"아! 상당히 많은 이가 살고 있다고 했죠?"

"그래."

"그걸 어떻게 아십니까?"

"그야 당연히 우리 영지와 거래를 하니까."

"자세히 말해주십시오."

"쯧! 이깟 향신료로 어지간히 귀찮게 하는구먼."

"뭐, 싫으시다면 향신료의 절반만 드리고 이만 가보겠습니다."

일어나려 하자 노인이 내 손을 잡았다.

"힘! 누가 싫다고 했나? 목이 말라 잠깐 투정을 부린 거네."

노인이 너무 날로 먹으려는 것 같아 잠깐 놀린 거지, 진짜 갈 생각은 없었다.

자리에 다시 앉자 노인은 말을 이었다.

"제3대 바트만 왕께서 즉위하고 얼마 되지 않아 산에 들어갔던 이들의 후손들이 내려왔네. 그들은 많은 금과 보석을 가지고 와 물물교환을 요청했지. 그리고 그때부터 지금까지 물물교환이 꾸준히 이어지고 있어. 그들이 사 가는 물품의 양을 계산해 보면 대충 어느 정도 규모인지 짐작 가능 하지 않겠나."

"아하, 정말 그렇군요! 근데 물물교환은 아무나 할 수 있는 겁니까? 잘하면 목돈을 벌 수 있을 것 같은데 말입니다."

"불가능해. 그들은 오로지 거래하는 사람들과만 거래를 한다네."

"왜요? 거래하는 사람이 많을수록 물건을 더 저렴하게 구입할 수 있지 않습니까."

"자넨 머리가 장식인가?"

"……."

그 노인네, 사람 상처 주는 데는 일가견이 있다. 당신이 막 무시하고 그럴 사람이 아니라고 말하고 싶은 기분이 들었다.

노인은 내 기분은 아랑곳하지 않고 계속 말했다.

"그들이 가진 금과 보석을 보고 대부분의 사람은 무슨 생각을 했겠나?"

"저들이 금광이나 보석 광산을 가지고 있겠구나?"

"그럼 욕심이 있는 인간이라면 어떻게 했을까?"

"뺏으려 했겠죠."

"맞아. 지금 거래를 하고 있는 세 개의 상단을 제외하곤 다 욕심을 부렸지."

"나머지는 어떻게 됐습니까?"

"이야기를 다루는 학자라는 사람이 이렇게 둔해서야. 그들은 멀쩡하게 거래를 계속하고 있네. 그럼 광산에 욕심내던 사람들은 어떻게 됐을까?"

"…다 당했군요."

"그래. 다 당했어. 지금도 간혹 마법사들과 용병들 중에 돈에 눈이 먼 이들이 그들을 노리는데 살아 돌아온 이들은 아무도 없어."

"…꽤 흥미로운 얘기군요."

"이제 이걸 가져도 되겠는가?"

"물론입니다. 아! 마지막 한 가지."

"…또 뭔가?"

"삼 대 상단은 어디입니까?"

"저쪽 시장에 가면 가장 좋고 큰 건물이 세 개 있을 거야. 거기가 캐릴 삼 대 상단이야."

"얘기 잘 들었습니다, 그럼."

향신료 세트를 챙기는 노인에게 살짝 고개를 숙인 후 시장으로 행했다.

40대 초반의 얼굴이 점점 바뀌며 과거 15살 때의 몰린과 비슷하게 바뀌었다.

얼굴은 어리고 순박하게 생겼지만 덩치는 웬만한 성인보다 큰 청년으로 역용한 다음, 옷을 너덜너덜하게 만들었다.

마음이 여린 사람이 봤다며 동전을 던져줄 정도로 초라한 모습이다.

노인의 말처럼 시장에 들어서자 띄엄띄엄 세 채의 커다란 건물이 보였다. 그리고 그 건물 앞이 가장 많은 사람으로 북적이고 있었다.

'셋 중에 어디를 고른다?'

천천히 건물 안에 있는 사람들을 살펴보다가 가운데 건물 쪽으로 갔다. 그리고 북적이는 사람들 틈으로 들어가 웬 중년 사내의 지갑을 훔쳤다.

아주 티 나게. 모를 수 없게.

그 다음 두 발자국 움직이기 전에 뒷덜미를 잡혔다. 그리고 강한─평범한 인간에서 볼 때─힘에 바닥을 뒹굴어야 했다.

"이 거지 자식! 감히 내 주머니를 소매치기해?"

"네? 그, 그게 무슨 말씀입니까? 제가 무슨 소매치기를 했다고… 큭!"

시커먼 신발을 신은 발이 얼굴을 찼다.

"내 눈이 죽어가는 오크 눈깔인 줄 알아? 방금 네가 훔쳐서 네 안주머니에 넣었잖아!"

"아, 아닙니다! 저, 전 지금까지 단 한 번도 훔친 적이 없습… 커억!"

"이 개자식이 뚫린 입이라고! 죽어! 도둑놈의 새끼는 죽어도 싸!"

사내는 마구잡이로 밟고 차기 시작했다.

몸을 잔뜩 웅크리며 피해를 최소화한 후 억울하다는 듯 소리쳤다.

"그냥 지나가는 길이었습니다."

"이놈이 그래도!"

"제 품을 살펴보십시오. 진짜 있다면 그땐 기꺼이… 윽! 마, 맞아 죽겠습니다."

발길질이 멈췄다.

"헉헉! 오냐! 발견되는 즉시 네놈을 밟아 죽일 테니 후회하지 마라."

사내는 마구잡이로 내 옷을 뜯어냈다.

걸레 같은 옷은 사내의 힘을 이기지 못하고 뜯겨져 나갔다. 어느새 상체는 벌거벗은 상태가 됐다.

"이, 이럴 리가 없는데……."

사내는 내 품속에 아무것도 없자 당황했다.

주위엔 이미 발 디딜 틈도 없이 많은 사람이 둘러싸고 있었기에 더욱 그랬다.

"…바지. 그래, 바지! 어느새 바지춤에 집어넣었구나! 이놈, 당장 벗어라!"

"이, 이러지 마십시오. 주머니를 확인해 보시면 될 일을 자꾸 왜이러십니까? 전 훔치지 않았습니다, 흑흑!"

잡아당기는 바지춤을 부여잡은 채 눈물을 흘리며 땅바닥에서 비비적거렸다.

"이놈아! 네놈이 훔친 돈이 내 호주머니에 있을… 이, 있을

리가······!"

자신의 호주머니를 툭 치던 사내는 찰랑하는 소리에 말을 더듬으며 호주머니에 손을 넣었다. 그리고 돈주머니가 있음을 확인했다.

"···이, 이게······."

"흑흑! 보, 보십시오. 훔치지 않았잖습니까. 괜한 사람을 소매치기로 몰다니······."

어기적거리며 일어난 난 찢어진 옷을 주섬주섬 주워 가슴 부근을 적당히 가렸다. 그리고 절뚝거리며 사람들을 뚫고 가려 했다.

그러자 한 사람이 답답한지 말했다.

"그냥 가려고? 저자를 경비대에 신고해야지! 아님 때려주던가."

"아, 아닙니다."

"쯧쯧! 덩치가 아깝군. 자네가 곤란하다면 나라도 신고해줌세."

"괜찮습니다. 오해가 풀린 것으로 충분합니다."

손사래를 치고 계속 걷자 사람들은 길을 터주었다.

때린 사람은 어떻게 해야 할지 안절부절못하다가 사람들의 시선이 날카로워지자 얼른 다가와 사과했다.

"미, 미안하네. 내가 잠깐 정신이 나간 모양일세. 어, 어디 다친 데는 없는가?"

보면 모르냐?

"코피 좀 나고 긁힌 게 다인데요. 괜찮습니다."

"치료하세. 아, 아니. 이거라도 가져가게."

그는 돈주머니에서 은화 몇 개를 집어서 손에 쥐어줬다.

"아, 아닙니다! 너무 많습니다."

"전혀 안 많아. 그러니 가져가게. 몇 개 더 주지."

사내가 돈을 더 집어주려는 그 순간, 뒤에서 큰 호통 소리가 들려왔다.

"한스! 내가 그 성질 죽이라고 했을 텐데! 죄 없는 사람을 때려놓고 겨우 몇 푼 집어주고 보낼 생각이란 말이야!"

기다리던 중년 남자가 성큼성큼 다가왔다.

66장
또 하나의 유적

"…로우진."

"부끄러운 줄 알아, 이 사람아."

"후, 훔치는 걸 봤다니까! 정말이야."

"그런데 그 주머니가 왜 자네 호주머니에서 나왔는데? 예전에 소매치기당했던 기억 때문에 헛것이 보인 건 아니고? 핑계는 나중에 듣고 저 친구부터 치료하세. 장사하는 사람이 그렇게 성격이 급해서야, 쯧쯧!"

혀를 찬 로우진이 다가왔다.

"이리 오게. 일단 치료부터 받도록 하지."

"…괜, 괜찮습니다."

"내가 안 괜찮아. 상회 앞에서 폭행 사건이 일어났는데 그냥 보내면 회주님한테 혼이 나네. 그리고 저 못난 사람이 내 친구일세. 그러니 사양 말게."

손을 잡고 끌었기에 어쩔 수 없이 그를 따라 상회로 들어갔다.

"여기 앉아 있게. 호른! 차가운 물수건과 약품 상자를 가져오너라."

"예! 로우진 총관님."

"아! 그리고 이 친구가 입을 만한 옷도 아래위로 몇 벌 가져오고."

친절한 모습과 달리 일을 할 땐 꽤 엄격하게 하는지 호른이란 직원은 금세 로우진이 말한 물건들을 가지고 왔다.

"제, 제가 하겠습니다요."

"됐네. 내가 하지. 꼼꼼히 닦고 약을 발라야 덧나지 않는 법이야."

"아, 네……."

로우진은 꼼꼼하게 얼굴부터 발끝까지 닦아준 후 약을 바르기 시작했다.

"행색이 캐릴 영지 사람은 아닌 것 같은데?"

"키랩 영지에 살았습니다."

"키랩이라면 산 아래에서도 한참 가야 있는 영지 아닌가? 어쩌다가 여기까지 왔나?"

"먹고살려고 상단 행렬의 짐꾼 노릇을 했었습니다. 그러다 산적을 만나서 일행을 모두 잃고 헤매다 이곳에 오게 됐습니다."

"쯧쯧! 그랬군. 근데 이렇게 닦고 보니 얼굴이 어려 보이는데 올해 몇인가?"

"16살입니다."

"허어~ 열여섯? 혹시 머리를 다친 건 아니지?"

"…여기 신분패가……."

"허허! 농담일세. 노안이긴 하지만 제 나이로 보이는군."

전혀 그렇게 보는 것 같지 않은데?

"자! 다 됐네. 이 옷을 입어보게."

"감사합니다. 그럼 전 이만."

"어디 갈 데라도 있나? 어딜 그렇게 자꾸 가려고 그래? 밥은 먹었나?"

"…머, 먹었……."

꼬로로로록!

마치 짠 것처럼 배 속에서 꼬르륵 소리가 들렸다. 물론 스스로 나게 했으니 짜긴 짠 거다.

"몸은 거짓말을 못 하는군. 이리 따라오게. 자네 저녁은 저 친구가 사줄 걸세."

로우진은 한스를 가리키며 말했다.

"내가 왜… 사줌세! 그렇다고 그런 눈으로 보나."

"이 젊은이가 경비대에 안 데려간 걸 천만다행으로 알아, 이 사람아."

로우진이 데리고 간 곳은 상회에서 멀지 않은 곳에 있는 작은 국밥집이었다.

"보넴! 여기 특국밥 두 개, 보통으로 두 개 줘."

"네~ 로우진 님."

"우리는 세 명인데 왜 네 그릇이야?"

"자네가 보기엔 저 덩치가 하나로 만족할 것 같아?"

"…아니."

가게 주인인 듯한 아주머니는 5분도 되지 않아 네 그릇을 가지고 왔다.

잡고기에 바트만 왕국의 주식인 쌀을 넣고 푹 끓인 것으로 어죽과 그 모양새가 비슷했다.

"많이 먹게."

사실 몸을 부풀렸다고 해서 위까지 부풀은 것은 아니라 많이 먹지는 못했다.

한데 이 몸으로 새털만큼 먹으면 그것도 이상할 것 같다. 그래서 어쩔 수 없이 마법을 써서 소화기관을 활발하게 만들어야 했다.

그랬더니 정말 거침없이 들어갔다.

"두 개로 부족하겠군. 보넴, 여기 두 그릇 추가."

"…이거야, 원. 지갑을 차라리 소매치기 당했던 게 나았을 것 같군."

네 그릇을 먹고 멈췄다.

"…잘 먹었습니다."

"갈 데는 있는가?"

"저 위에 골목에서……."

"걱정 말게. 이 친구가 한 며칠은 먹고 잘 돈은 줄 거야."

"…내 걱정도 좀 해주지 그러나."

로우진의 말은 사실 뜻밖이었다.

상회의 한 곳에서 재워주고 그러면 감사의 뜻으로 일 좀 해주면서 주저앉으려고 했는데 한스의 돈을 털어서 나에게 주는 것으로 일을 마무리할 모양이었다.

'이제 와서 싫다고 할 수도 없고. 어쩔 수 없이 다른 두 곳으로 가야 하나?'

일단 분위기를 지켜보기로 했다. 피아 공주처럼 다른 목적(?)이 없는 한 처음 보는 사람을 믿는 것도 웃기지 않은가.

1금에 가까운 금액을 얻게 해준 로우진은 가게 주인인 보넴의 빈방을 머물 곳으로 소개시켜 줬다.

하루에 2은. 한 끼에 특이 70동이니 1금이면 25일은 버틸 수 있었다.

나는 로우진이 보는 자리에서 보넴에게 모든 돈을 건네고 22일을 머물기로 했다.

＊　　　＊　　　＊

　에리안에게 갔다가 새벽녘에 움직임이 감지되어 돌아왔다. 해가 뜨지도 않았는데 보넴이 장사를 준비한다고 움직인 것이다.

　"아함!"

　난 막 잠을 깬 사람처럼 기지개를 켜며 문을 나섰다.

　"어머! 내가 시끄럽게 해서 깬 모양이구나?"

　"쩝쩝! 아, 보넴 아주머니! 전혀요. 어릴 때부터 일찍 일어나는 게 습관화돼서 일어난 것뿐이에요."

　"다행이구나."

　보넴은 빙긋 웃더니 커다란 두 개의 솥에 물을 채우기 위해 우물가를 왔다 갔다 했다.

　"도와 드릴게요."

　"괜찮다."

　"몸이 찌뿌둥해서 그래요. 주세요."

　그녀는 바가지로 우물에서 물을 퍼 큰 통으로 옮긴 후 낑낑거리며 옮겨서 솥에 부었지만 난 큰 통을 마치 바가지처럼 물을 퍼낸 후 날랐다.

　"힘이 장사구나. 그만하면 충분하다."

　"일이 풀릴 만하니 끝이군요. 근데 장작을 쓰세요? 화염 요리기가 있잖아요."

"왠지 화염 요리기를 쓰면 맛이 나지 않더구나."

"음, 그런가요? 장작이라도 팰까요?"

마당의 한쪽엔 통나무들이, 솥이 있는 쪽엔 장작이 놓여 있었다.

"그래주겠니? 대신 아침에 국밥을 한 그릇 더 주마."

"하하하! 금방 다 패서 쌓아놓을게요."

도끼를 들고 일단 커다란 통나무들을 적당한 크기로 잘랐다. 그 다음 조각조각 냈다.

쩍! 쩍!

통나무를 자르는 건 20번. 조각내는 건 한 번에 정확히 반쪽이 났다.

순간적으로 다 할 수 있었지만 순수 힘만으로 했다.

"…대, 대단하구나."

그녀가 불을 피워 밥을 짓고 고기를 삶아 작게 다지기 전에 장작을 모두 팼다.

"헤헤! 얼마 전까지 장작을 패서 돈을 벌었거든요."

"괜찮은 집안에서 태어났으면 대단한 장군이 될 수 있었을 것을."

"제 주제에 장군은요. 이제 해가 슬슬 뜨네요. 나무나 좀 해 올까 봐요."

"아니다. 나무를 가져오는 사람이 있단다. 그들을 위해서라도 하지 마렴."

"보넴은 친절하시네요."

"그렇지 않단다. 그들이 잘 살아야 또 내가 만든 국밥을 먹을 거 아니니."

"음, 그렇군요. 그럼 저도 다른 뭔가를 해야겠군요. 사냥이라도 다닐까요?"

"아서라. 몬스터 만나면 어쩌려고. 천천히 알아보려무나. 일이야 많은 곳이니까."

"밥 먹고 천천히 움직여야겠네요."

"그러렴."

"근데 로우진 아저씨는 뭐 하는 사람이에요?"

"에스롬 상회의 총관이란다."

"엄청 좋은 건물에서 일하던데 거기가 에스롬 상회인가 보군요."

"그렇단다."

"그런 큰 곳에서 일하려면 어떻게 해야 해요?"

"열심히 하면 된단다. 다만 에스롬 상회의 경우 사람을 뽑는 데 꽤 까다롭단다."

"그럼 전 안 되겠네요."

"왜 그렇게 생각하지?"

"제가 머리가 좀 둔하거든요. 헤헤! 아저씨 보니까 엄청 똑똑해 보이더라고요."

"대신 힘이 좋잖니. 에스롬 상회라고 머리 좋은 사람만 뽑는 건 아니란다. 짐을 나르는 짐꾼은 힘만 좋으면 충분하지."

"저 짐 잘 날라요."

"당연하지."

보넴은 일을 하면서 심심했는지 캐릴 영지에 대해 이런저런 얘기를 해줬다. 은근히 삼 대 상단에 대해 묻자 아는 대로 말해주었다.

캐릴, 웨스독, 에스롬.

캐릴 상단은 이름 그대로 영지의 영주인 캐릴 자작가의 소유였고, 웨스독은 돈을 주고 작위를 산 웨스독 남작의 소유이다. 오직 에스롬만 작위가 없어 상회라 불린다고 했다.

"크지 않는 영지에 세 곳의 상단이 있으니 많이 불편할 것 같은데."

"아니, 오히려 일반 영지민의 입장에선 좋단다."

"어떤 점이요?"

"경쟁 때문에 물건을 싸게 살 수 있거든."

"아! 그렇겠군요. 어? 그럼 상단으로서는 손해 아닌가요?"

"둔하다더니 전혀 그렇지 않구나. 아주 똑똑한데. 네 말대로야. 상단의 주 거래는 야리힐 산맥의 사람들과 이루어진단다."

"저 뒷산 말인가요? 저기에 사람이 살아요?"

"물론이지. 꽤 많은 사람이 산단다."

식당을 해서일까. 어제의 노인보다 보넴이 더 많은 것을 알고 있었다.

그 덕에 야리힐 산맥의 부족들과 한 달에 한 번씩 거래를 한다는 것도 알게 됐다.

"자! 다 됐다. 네 덕에 오늘은 일찍 끝났구나. 맛을 보겠니?"

"헤헤! 물론이죠."

막 만든 국밥은 어제와 달리 조금 깊이가 없었다. 하지만 그 나름대로의 맛이 있어 좋았다.

＊　　　＊　　　＊

시간은 속절없이 지나갔다.

삼 대 상단에 취업하려고 노력했지만 상당히 폐쇄적인지 불가능했다. 그래서 상단에서 물건을 받아 파는 도매상인의 가게에 취업했다.

"노바! 창고에 가서 배추 9포기와 돼지고기 절반을 가지고 오너라."

"네, 아저씨."

앉아 있다가 가게 주인의 부름에 벌떡 일어나 창고로 갔다. 그리고 양손에 가득 들고 밖으로 나왔다.

"여자 손님 댁에 배달해 주고 오너라."

"네네. 가시죠, 손님."

"카트에 안 담아도 돼요?"

"헤헤! 귀찮아서. 떨어뜨리지 않을 테니 앞장서세요."

끌고 다니는 카트가 있었지만 귀찮았다.

여자 집은 꽤 멀었다.

시장을 벗어나서 주택가를 지나 부유한 이들이 사는 언덕으로 올라갔다.

"이야~ 엄청 좋은 집에 사시네요."

"저도 하녀예요."

"그래도 이런 곳에서 사는 거잖아요. 저도 이런 곳에서 살아봤으면 소원이 없겠네요."

"하녀가 머무는 곳은 저기 뒤로 가면 따로 있어요."

"아! 그래요?"

"안까지 갖다 주겠어요?"

"물론이죠."

제법 실력이 있어 보이는 경비를 지나 안으로 들어갔다. 한데 뜻밖의 사람이 저택 로비에 서 있었다.

"어? 로우진 님. 여기가 로우진 님의 저택이었습니까?"

"하하! 오랜만이군."

"전 간혹 먼발치에서 뵀습니다."

"하하하! 나만 오랜만이군. 짐은 거기 내려놓게. 참! 점심 안 먹었으면 나랑 같이하지. 맛있는 음식이 아주 많다네."

"아쉽지만 사양해야겠네요. 요즘 일을 하고 있어서 얼른 가봐야 합니다."

"저런! 자네가 음식을 거부할 줄은 몰랐군."

"그렇게 정 아쉬우시면 싸주셔도 괜찮은데, 헤헤헤!"

로우진을 보는 순간, 보넴의 집도, 지금 일하는 가게도 테스트 장소임을 눈치챘다. 그리고 그가 식사를 하자고 했을 때 '널 시험 중이야!'라는 기운이 뿜어져 나오는 걸 보고 확신했다.

"하하하! 음식에 대한 욕심을 버린 건 아니었군. 내가 자네가 일하는 털바 상회 주인과 잘 아네. 자네랑 식사를 한다고 알릴 테니 걱정 말고 식당으로 가세."

"…정말이십니까?"

이미 테스트가 끝났다는 걸 알았지만 조심해서 나쁠 건 없었다.

"내가 자네를 왜 속이겠나. 그리고 내가 언제 자네에게 해가 될 일을 하든가?"

"아뇨. 로우진 님 덕분에 아주 편하게 지냈습니다."

"그것 보게. 함께 밥을 먹고 내가 지금보다 2배는 더 많은 돈을 벌 수 있는 곳도 소개시켜 주지."

"음……."

"털바를 생각하는 건가? 쯧쯧! 평생 부자로 살긴 글렀구먼."

그의 손에 이끌려 식당으로 갔다.

"우와! 그냥 갔으면 정말 후회할 뻔했군요."

"음, 이거 이걸 보여주고 실험을 했어야 했나."

"네? 너무 작아 듣지 못했습니다."

"혼잣말일세. 자자! 먹지."

그는 포크를 들고 적당한 크기의 고기를 집어 입에 넣었고 난 본격적으로 음식을 먹기 시작했다. 위를 활성화시킨 채.

"먹으면서 듣게. 자네, 우리 상회에 들어오지 않겠나?"

드디어 듣고 싶었던 말이 로우진에게서 나왔다.

*   *   *

보넴의 집에서 20여 일을 머물면서 가만히 있었던 건 아니다.

에리안이나 젠느의 집에 가지 않을 때면 야리힐 산맥을 돌아다니는 한편, 옛 전설과 신화 관련 내용을 모았다.

한데 재수가 없는 건지 아님 다들 땅속에서 사는 건지 사람의 흔적은 찾아볼 수가 없었고, 책에선 힌트가 될 만한 것을 얻지 못했다.

이래저래 산맥 사람을 만나야 하는 내 입장에선 로우진의 제안에 기꺼워할 수밖에 없었다.

그래서 모른 척 허락을 했고 다음 날부터 상회의 창고가 모여 있는 곳에서 일하게 됐다.

"노바! 야크 먹이 줄 시간이다."

"네, 이미 가고 있습니다."

돈을 두 배로 준다더니 일도 두 배로 시켰다.

그렇다고 딱히 힘든 건 아니다. 다만 산맥에 사는 이들에 대해 물어볼 틈이 바쁘다는 게 흠이었다.

들어온 지 나흘 동안 한 일은 똑같았다.

야크에게 아침, 점심, 저녁을 먹이며 그들의 우리를 청소했고, 오가는 짐을 창고에 쌓거나 꺼내는 것이 나의 일이었다.

"슬슬 교역을 할 때가 됐는데 말이야."

야크에게 건초 더미를 먹이며 중얼거렸다.

내가 캐릴 영지에 온 지도 거의 한 달이 다 돼간다. 즉, 내가 오기 전날에 교역을 마쳤다고 해도 며칠 내로 다시 교역을 할 때라는 얘기다.

적어도 석 달 이내에 산맥에 사는 이들과 접촉을 했으면 했다. 그들과 접촉을 한다고 신의 거처를 곧바로 찾는 게 아니니 말이다.

먹이를 거의 다 먹였을 때 마구간을 책임지는 애멀이 왔다. 그는 포대를 하나 들고 왔는데 내 앞에 와서 그것을 바닥에 던졌다.

"노바, 내일은 평소 먹이는 1.5배의 건초에 이거 한 바가지를 섞어서 먹여라."

"이놈들에게 일을 시킬 모양이군요."

"눈치가 제법이구나. 모레 나가야 하니 이상이 있는 놈이 있는지도 살피고."

드디어 교역을 하러 가나 보다.

"알겠습니다."

"그리고 다 먹인 다음 창고지기 가비에게 가봐라."

"곧 퇴근 시간인데요."

"녀석, 힘든 모양이구나?'

"아저씨들 퇴근 안 하시나 해서 그런 거죠."

"어휴~ 그러셨어요? 아마 내일 시킬 일에 대해 말하려는 거지, 일을 시키려는 건 아닐 거다."

"그렇다면 다행이고요. 내일 봬요."

야크 먹이를 다 먹이고 창고로 갔다.

"내일 총관님의 창고 검열이 있을 예정이니 한 시간 일찍 오너라. 한 달에 한 번 일찍 오는 거니까, 입 내밀지 말고."

"안 내밀었는데요?"

"말이 그렇다는 거지. 대신 오늘은 이걸로 가서 술이나 한 잔해라."

가비는 5은 동전 하나를 던졌다.

애멀과 가비가 내 말에 전전긍긍하는 건 앞서 일하던 직원이 일주일 전에 힘들다고 그만뒀기 때문이었다.

즉, 내가 그만둔다고 하면 내가 하는 일이 고스란히 그들의 몫이 됐다.

사람이라도 쉽게 구할 수 있으면 좋은 텐데 그러지 못하니 두 사람은 은근히 내 눈치를 봤다.

"진짜 술 한잔값이네요."

"싫으면 주든가. 생각해서 줬더니만……."

"누가 싫다고 했습니까. 감사합니다. 더 시킬 일 없으면 이만 들어가 보겠습니다."

"혹시 힘이 남았으면 저기 짐만 안에 들여놓고 가려무나. 힘들면 어쩔 수 없고."

한쪽에 제법 많은 짐이 쌓여 있었다. 어느새 또 들어온 모양이다. 웬일로 5은을 주더라니.

"저 없을 땐 어떻게 일을 하셨습니까?"

"뭐 빠지게 했다. 왜, 도와주랴?"

"됐습니다. 오히려 성가십니다. 꿍차!"

짐을 한 손에 하나씩 들어 올린 후 창고로 걸음을 옮겼다.

"장사야, 장사. 총관님이 이번에 제대로 된 녀석을 뽑았어. 노바, 평생 나랑 일하자."

"평생 아저씨 밑에서 일하라고요? 됐거든요."

"나라고 여기서 계속 일할까. 부장이 되고 소장도 되겠지."

"행여나요."

나이가 어리다면 믿겠지만 애멀이나 가비의 나이는 오십에 가까웠다. 자리 욕심도 없어 그만두라고 할 때까지 지금 하고 있는 일을 할 것이다.

수다를 떨면서 대여섯 번 왔다 갔다 하자 끝났다.

"더 시킬 일 있으면 지금 말하세요. 나중에 후회하지 마시고요."

"없다. 내일 1시간 일찍 나오는 거 잊지 말고."

알았노라고 대답한 후 상회의 창고에서 나와 보넴의 집으로 향했다.

"보넴, 저 왔어요. 도와 드릴 일 있어요?"

"없어. 앉으렴. 밥은 두 그릇이지?"

"네. 오늘은 술도 한 병 주세요."

"웬일로 술을?"

"가비 아저씨가 술 마시라고 5은 줬어요. 모레 무슨 바쁜 일이 있을 건가 봐요."

"아! 벌써 1진이 도착할 때가 되었구나."

"1진요?"

"전에 산맥에 사는 부족들과 한 달에 한 번씩 교역을 한다고 했었지?"

"그러셨죠."

"그들과 한 번 교역하러 가면 한 달씩 걸려. 그래서 1진, 2진 번갈아 간단다. 내가 그 얘기는 안 했었나?"

"헐~ 그래요? 안 하셨어요."

"이곳에선 너무 당연한 일이라 말을 안 해준 모양이네. 자! 여기 있다."

술과 국밥을 놓고 갔지만 잠시 어이가 없어 숟가락을 들지 못했다. 왜 그런 말을 이제야 하냐고 따져 묻기도 우스웠다.

당연히 멀지 않은 곳에 있으리라 생각하고 주변—그래도 봉 우리를 대여섯 개는 넘어야 하는 거리―만 열심히 뒤졌는데 헛짓거리였다니.

'이제라도 알게 됐으니 된 거지.'

곧 마음을 비우고 숟가락을 들어 국밥을 먹었다.

'아이스.'

술은 야크 젖을 발효해 만든 것으로 살짝 얼음이 끼도록 차갑게 해서 마시는 게 좋았다.

다음 날 한 시간 일찍 일어나 상회 창고로 갔다. 평소와 달리 아침부터 꽤나 수선스럽다.

"늦지 않았네. 따뜻한 스프 한 잔 마시고 바로 시작하자."

그가 건네는 스프를 게 눈 감추듯 마신 후 창고의 물건을 꺼냈다.

"그건 이쪽으로! 붉은 물건은 저쪽으로."

물건에 따라 놓는 위치가 달랐다.

창고에 있는 물건의 절반쯤을 꺼내고 나서야 창고 일을 마칠 수 있었다.

"이만 야크 밥 먹으러 가봐라. 끝나자마자 바로 이쪽으로 오고. 너도 점검받는 건 배워야 하지 않겠냐?"

"죽기 전에 알려주시는 거예요?"

"죽긴 누가 죽어! 아직 젊거든."

"난 또……."

"너 은근히 나 죽으라고 기도하거나 하진 않지?"

"…가요."

"크악! 이 망할 놈이 진짜인 모양이네."

길길이 날뛰는 그를 두고 마구간으로 갔다.

건초를 먹기 좋게 잘라 손잡이가 달린 천 가방에 넣고 어제 애멀이 준 약초 냄새 나는 가루를 섞었다.

그렇게 수십 개를 만든 다음 야크의 양귀에 손잡이를 걸어 주면 끝이다.

크흥!

평소에 잘도 먹던 녀석이 코로 밀어내며 먹이를 거부했다.

"애멀이 준 약초 냄새가 마음에 안 드나 본데 맞기 싫으면 먹어라."

가볍게 으르렁거리자 꼬리를 내렸다.

동물답게 내가 뿜어낸 미약한 살기를 느낀 것이다.

마지막 건초 주머니를 야크에게 걸자 애멀이 마치 끝내기를 기다렸다는 듯 어기적거리며 나왔다.

그는 얌전히 건초를 먹고 있는 야크를 보곤 눈을 동그랗게 떴다.

"웅? 멀쩡했네."

"밥 주면서 뒷발에 차이기라도 바랐어요?"

"그건 아닌데……. 이놈들이 약초를 주면 고생하러 나가야 된다는 걸 알고 안 먹으려 하거든."

야크가 왜 그랬는지 이제야 알 것 같다.

"그런 건 미리미리 말해주셔야죠. 제가 곤란한 걸 즐기려고 하셨습니까?"

"그, 그게 아니라 그럴 땐 어떻게 먹여야 하는지 느끼게 해 주려고……."

"그럴 필요는 없을 것 같네요. 참! 보넴 아주머니한테 듣기론 물건을 팔러 산맥으로 간다면서요."

"그렇지."

"저도 갑니까?"

"당연하지! 가장 힘 좋은 네가 안 가면 누가 가겠냐? 왜? 가기 싫으냐?"

"아뇨. 아무 말도 없기에 전 안 가는 줄 알았죠."

"오늘 얘기해 주려고 했지. 내일 1진이 도착하면 업무 인수 인계하고 그 다음 날 출발하게 될 거다."

"준비할 거는요?"

"건강한 몸만 있으면 된다. 나머진 다른 팀에서 준비를 할 거다."

"그렇게 알고 있을게요. 야크 똥 치울 건데 어떻게, 같이하실래요?"

"힘! 난 말 보러 가야 된다."

애멀은 서둘러 가버렸다.

자리를 비켜달라고 한 말이었기에 불만은 없었다.

사실 아무리 유희를 한다는 생각으로 에스롬 상회에서 일하고 하고 있지만 야크 똥 치우는 건 직접 하지 않았다.

의지를 발하자 마구간의 야크 똥들이 스르르 떠올라 마구간 뒤에 쌓아둔 거름더미로 날아갔다.

*   *   *

상회의 주인이자 로우진의 아버지가 1진을 이끌고 돌아왔다.

상당히 힘든 여정이었다는 걸 보여주는 듯 몰골이 엉망이었다. 하지만 물건을 잘 팔고 왔는지 얼굴만은 다들 밝았다.

무사히 상행을 마치고 돌아온 1진을 위한 간단한 축하 파티가 있었는데 그곳에서 어떤 식으로 상행이 이루어지는지 알 수 있었다.

10일을 이동해 한 지역에서 10일간 물건을 팔고 10일 동안 다시 돌아오는 여정.

"하하하! 이번엔 우리 상회가 가장 먼저 물건을 다 팔았다니까. 캐릴과 웨스독 녀석들, 가지고 간 물건의 3분의 1은 다시 가지고 왔을 거야."

"세 개의 상단이 다들 함께 출발하는 겁니까?"

"어라? 누구슈? 처음 보는 얼굴인데……."

"이번에 새로 들어온 일꾼인데 열여섯이다."

가비가 대신 대답해 줬다.

"헐~ 이 얼굴이 열여섯이라고요? 힘! 그렇게 보지 마라. 어릴 때 늙어 보이는 사람이 나이 들어서는 젊어 보인다더라."

"위로는 괜찮습니다. 익숙하니까요. 노바입니다."

"로잭이다. 내일 첫 상행이라 궁금한 모양이구나. 뭐든 물어봐라. 대답해 주마."

"세 상단이 경쟁을 하는 것 같은데 같이 출발하고 같이 돌아오는 겁니까?"

"좋은 질문이구나. 오고 갈 땐 몬스터들 때문에 협력을 하지. 다만 목적지에 도착해서는 정당한 경쟁을 하는 거지."

"그렇군요. 근데 협력 관계인데 아까처럼 못 팔았다고 놀리거나 해도 됩니까?"

"당연히. 놈들도 많이 팔 땐 우릴 그렇게 놀리거든. 그냥 전통 같은 거야. 그렇다고 정말 멱살을 잡고 싸우는 일은 거의 없어."

"아하~"

20여 일 동안 몬스터의 위협에서 생사를 같이하는 사이이니 입으로만 싸운다는 얘기였다.

"산맥에 얼마나 많은 부족이 살고 있는 겁니까?"

"글쎄다. 내가 아는 곳만 대략 20여 곳이 넘어."

"엄청나군요. 근데 10일간 시장을 여는 곳에 몬스터가 쳐들어오면 어쩝니까?"

"하하하! 몬스터가 걱정인가 보구나. 나도 처음엔 그랬는데 경비대가 안전하게 보호해 주니 걱정 마라. 그리고 장이 열리는 곳엔 몬스터가 아예 없다."

"음, 꽤 깊숙한 곳일 텐데 몬스터가 없다니 신기한 일이군요."

"내 생각에 찾아오는 부족들이 정리를 하는 게 아닌가 싶다."

"그들은 강합니까?"

"직접 싸우는 것은 본 적이 없지만 옛날부터 전해 내려온 얘기를 들으면 엄청 강하다고 하더구나."

"하긴 그 깊은 곳에 살려면 강할 수밖에 없겠네요."

"그렇겠지. 더 궁금한 건 없냐?"

"네. 몬스터가 가장 걱정이었거든요."

로우진이 내 쪽을 흘낏거리며 보고 있었기에 더 이상은 관심이 없다는 듯 말했다.

"하하하! 녀석. 너무 걱정 마라. 워낙 자주 오가는 길이라 한 번도 못 보는 경우도 있다. 목이 칼칼한데 술이나 따라봐라."

다만 로잭은 생각보다 훨씬 수다스러웠다. 들어줄 사람이 있다고 생각해서인지 과거 상행을 하면서 겪었던 일을 미주알고주알 말했다.

"한 번은 말이야, 밤에 화장실이 너무 급해 임시 화장실로 뛰어갔어. 근데 하필이면 웨스독 녀석들이 저녁을 잘못 먹은 건지 단체로 똥을 싸고 있더란 말이지."

"윽! 먹는 데 똥 얘긴."

"똥 얘기 아니니 들어봐. 아무튼 기다리기는 힘들 것 같아서 일단 천막에서 조금 떨어진 곳으로 달려갔어. 근데 달도 없는 흐린 밤이라 내가 안전지대를 살짝 벗어났는지 몰랐던 거야."

"안전지대도 있어요?"

"밤엔 절대 넘어가지 말아야 하는 곳이 있다. 아무튼 열심히 싸고 있는데 갑자기 등골이 서늘해지는 거야."

로잭은 목소리를 낮추며 얘기했다.

"로잭, 또 그 얘기냐! 그놈의 귀신 얘기는 어떻게 새로운 애를 볼 때마다 하냐. 노바, 신경 쓰지 마라. 헛것을 보고 놀라 자기가 싼 똥에 주저앉았다는 얘기니까."

가비가 얘기의 흐름을 깼다고 생각했는지 로잭은 버럭 소리 쳤다.

"진짜라니까요! 주위가 갑자기 안개가 자욱하게 깔리기에 전 똥을 닦고 숙소로 돌아오려고 했어요. 근데 길을 찾을 수가 없었다니까요. 그리고 한참 헤매는데 귀신을 보고 기절한 거고요."

"닦고 기절했는데 왜 아침엔 똥에 주저앉아 기절해 있었는데?"

"그야 모르죠. 쯧! 하여간 가비는 남의 얘기에 재 뿌리는 재주는 타고 났어요."

"이놈아! 네놈이 지난번 일꾼한테 귀신 얘기를 하는 바람에 걔가 밤마다 화장실 같이 가자고 해서 얼마나 귀찮았는지 알아?"

"그야 아저씨 문제죠."

"이 빌어먹을 놈이! 네 얘기 때문이잖아!"

두 사람은 한 치의 양보 없이 목소리를 높였다. 그러나 다른 사람들은 매번 있는 일이라는 듯 신경을 쓰지 않았다.

다만 나는 그의 얘기를 귀담아들었다.

'어쩌면 장이 열리는 곳에서 멀지 않은 곳에 뭔가가 있을지도 모르겠군.'

생각보다 두 번째 거처를 빨리 찾을 것 같았다.

"출발하라!"

백여 마리의 야크와 당나귀 등에 짐을 싣고 상행이 시작됐다.

시장을 통과해 캐릴 동문에 이르자 이미 한 행렬이 동문을 통해 빠져나가고 있었다.

"이번 우리 상회의 위치는 마지막이다. 끝이라고 긴장을 놓지 말고 웨스독 상단을 잘 따라갈 수 있도록."

말을 탄 로우진은 상단을 오가며 큰 소리로 명령을 내렸다.

"이제부터 야크와 당나귀에 눈을 떼지 마라. 행여나 이상이 생기면 그땐 우리가 짊어지고 가야 한다."

가비가 성문을 지나자 말했다.

"알겠습니다. 근데 큰길로 가지 않네요?"

성문을 빠져나온 행렬은 산으로 난 큰길이 아닌 옆으로 난 샛길로 이동했다.

"우리가 가는 곳이 어딘지 알고나 하는 소리냐? 위치가 동남쪽이야."

"어쩐지 갑자기 사람이 오가는 길이 안 보이더라니."

"응? 뭔 소리냐?"

"아무것도 아닙니다."

"싱겁긴. 조심해라. 완만해 보이지만 구르면 열에 네댓은 죽는다."

좁은 길옆은 완만한 경사진데 온통 돌이라 구르면 머리 깨지기 십상이겠다 싶었다.

"노바, 조심해라."

가비가 중간중간 뒤돌아보며 소리쳤다.

"제 걱정 말고 아저씨나 조심하세요."

"나야 이곳을 20년이나 다녔다, 이놈아."

20년을 다녔다고 실수하지 말라는 법 없는데 가비는 자신보다 내 걱정이다.

'저러다 다치지.'

아니나 다를까. 한참 가다가 다시 돌아보던 가비가 순간 작은 돌 부스러기에 발이 미끄러지며 기우뚱했다.

"이놈아! 정신 똑바로 차리고… 헉!"

난 손가락으로 그를 살짝 왼쪽으로 움직였다. 그 순간 가비의 몸은 중심을 바로잡았다.

"아저씨! 저 신경 쓰다가 훅 가요. 그제 비 와서 미끄러우니까 조심하세요."

"…으, 응. 그래."

한 번 미끄러져서인지 가비는 두 번 다시 돌아보지 않았다.

능선을 따라가다가 낮은 산을 넘고 다시 커다란 산의 능선을 탔다.

"꽤 지루하군요."

5시간 이동을 하고 야간 평평한 지대가 나오자 점심시간이 주어졌다. 딱딱한 빵을 떡처럼 변해 버린 스프에 찍어 먹으며 물었다.

"조금만 더 가봐라, 그런 말이 나오나."

애멀이 고개를 절레절레 흔들며 말했다.

"힘든 길이 나옵니까?"

"경험을 해봐."

"기대가 되네요."

"나중에 그런 말이 나오나 봐라."

가비가 말한 힘든 곳이 어딘가 했더니 6,000미터 고지의 산을 넘는 일이었다.

"헉헉! 헉헉!"

평생을 2,000미터 고지에 살았던 사람들마저 폐가 쪼그라드는 고통에 힘거워했다.

같이 따라 해야 하나 하다가 마법과 무술을 배운 호위대의 경우 괜찮은 걸 보고 연기를 하지 않았다.

"…지금도 지루하냐? 헉헉!"

애멀이 고통스러워하면서도 내가 괴로워하는 말을 듣고 싶은지 물었다.

"풍경 때문에 덜 지루하긴 한데 금방 다시 지루할 것 같네요."

"…나쁜 놈! 헉헉!"

"말하다 쓰러지겠어요. 그만 말하세요."

머리에도 영향을 미치는지 나쁜 놈이란다. 난 피식 웃으며 그와 가비의 몸에 살짝 보호막을 씌웠다.

물론 갑자기 아무렇지도 않아지면 이상하게 생각할까 봐 아주 살짝.

6,000미터 정상에서 보는 풍경이라고 대단한 건 없었다. 구름이 발아래 드문드문 떠다니고 낮은 산, 눈 덮인 높은 산이 끊임없이 펼쳐져 있을 뿐이다.

퀘에에엑!

간간히 비행 몬스터가 먹을 게 없나 두리번거렸지만 상단 호위가 눈을 부릅뜨고 있어서인지 섣불리 내려오지 못했다.

'상단 호위치곤 꽤 강자들이 많아.'

에스롬에만 웬만한 영지 기사단장급인 6서클에 익스퍼트 실력을 가진 이가 네 명이다.

돈을 많이 주는 건지 아님 다른 이유가 있는지 모르지만 다소 의아했다.

첫날 밤은 6,000미터 고지를 넘고 내려가다가 중턱쯤에서 이루어졌다. 천막이 세워지고 당나귀들과 함께 잠을 자야 했다.

밖에서 자는 야크들이 부러울 지경이다.

아무튼 10일은 정말 지루했다.

중간중간 야크의 다리가 돌 사이에 끼여 지체되거나, 동굴을 지나는데 만년설의 물이 갑자기 불어나 흠뻑 젖기도 했고, 몬스터의 공격을 한 차례 받기도 했지만 별 탈 없이 목적지에 도착했다.

장사를 하는 곳은 산과 산 사이에 위치한 분지처럼 평탄한 지역이었는데 먼저 도착한 캐릴 상단과 웨스독 상단의 직원들이 부지런히 천막을 세우고 있었다.

에스롬 상회도 마찬가지.

도착하자마자 쉴 틈도 없이 천막부터 세워야 했는데 지금까지 야영을 할 때보다 배는 많은 천막을 세웠다.

"뭔 천막을 이렇게 많이 세웁니까?"

가비에게 물었다.

"내일부터는 이 천막 하나하나가 상점이 되거든. 내일부터 너도 상점주가 될 거다."

"제가 상점주가 된다고요? 야크들 먹이는 어쩌고요?"

"야크 먹이 주는 데 하루 종일 걸리는 게 아니잖아. 남는 시간에 할당된 천막에 앉아 물건을 팔면 돼."

"물건 가격은요?"

"어떤 물건을 파는지 가격은 얼마인지는 내일 천막 앞에 팻말이 세워질 거다."

상당히 독특한 방법이다.

"물건 판 돈을 갖고 도망가면요?"

"여기서 어디로 도망갈 건데?"

"…듣고 보니 그러네요."

너무 지루하게 온 길이라 머리가 잠깐 어떻게 됐나 보다.

천막을 거의 다 세우기 전에 로우진의 목소리가 들려왔다.

"고생했다. 오늘 밤에는 1인당 한 병씩 술을 허락할 터이니 마시고 푹 쉴 수 있도록. 나머지는 부관에게 들으면 될 것이다."

듣던 중 반가운 소리다.

여기까지 오는 동안 신경을 쓰느라 힘들었는지 로우진은 말을 끝내고 천막으로 들어갔다.

이번엔 부관의 목소리가 들렸다.

"술을 받아가면서 머물게 될 천막과 맡게 될 물품에 대해서 알아 가면 될 것이다."

천막을 다 치고 부관 앞에 갔다. 그는 큰 소리로 내 이름을 부르며 말했다.

"노바! 넌 야크 옆의 천막을 써라. 네가 맡을 물건은… 채광용 마법 물품이다."

"알겠습니다. 근데 혼자 자는 겁니까?"

"그 덩치에 로잭의 말을 들어 겁나나? 아! 너 아직 열여섯이랬지? 걱정 마라. 호위대의 한 명과 같이 생활하게 될 것이다. 옆으로 가서 채광용 마법 물품을 챙겨서 가도록."

딱히 악의를 가지고 한 말이 아니었기에 옆으로 가자 턱턱 물건을 올려주었다.

"네가 팔 물건이 많아 몇 번 더 와야겠구나."

세 번 더 왔다 갔다 하고 나서야 천막에 짐을 다 채울 수 있었다. 그리고 잠시 후 함께 지낼 호위대원 한 명이 들어왔다.

6서클 마법사 중 한 명이다.

"반갑다, 호렌이다. 10일 동안이지만 잘 지내보자."

"예, 호렌 님. 전 노바입니다."

"너무 어려워하지 않아도 돼. 딱히 신경 쓸 필요 없다. 넌 네 일에만 충실하면 돼."

"알겠습니다. 근데 호렌 님은 이 일을 하신 지 얼마나 되셨습니까?"

"4년째다."

"지금 일이 좀 지겹지 않으세요? 캐릴만 벗어나도 더 좋은 일이 넘칠 텐데요."

"내 실력에 무슨. 괜히 세상을 돌다가 험한 일이나 당하지."

그의 말에서 순간 이상함을 느꼈다.

6서클에 엑스퍼트의 실력을 가진 그가 험한 일을 당한다고?

내가 살던 서대륙에서도 힘깨나 쓰면서 살 수 있는데 서대륙보다 마법이 발달하지 못한 중앙 대륙에선 귀족이 되기에 부족함이 없는 실력인데?

"실례지만 어느 정도의 실력이신지?"

"……"

호렌은 대답 대신 슬쩍 째려봤다. 얼른 저자세를 취하며 말했다.

"아이쿠! 방금 물은 것은 잊어주십시오. 제가 용병이 되는 것이 꿈인지라 주제넘게……"

"아니다. 4서클에 검술을 조금 배웠다."

4서클에 검술 조금이라니. 확실히 뭔가 수상하다. 그러나 생각과 달리 겉으로는 호들갑을 떨었다.

"우와! 대단한 실력이십니다."

"호들갑은. 오늘 하루 종일 걸어왔을 텐데 힘들지 않느냐? 그만 자라."

"아함~ 말씀을 듣고 보니 그렇군요. 한데 라이트는?"

"내가 끌 테니 넌 자라."

"감사합니다. 그럼."

침낭에 몸을 누이고 눈을 감았다. 그리고 10분 정도 지나 코를 드르렁거리며 잠든 척을 했다.

호렌이 신경 쓰였지만 지금은 왔을 때부터 느껴졌던 묘한 느낌에 집중했다.

'역시! 주변에 이상한 결계가 있어.'

결계를 풀려고 했는데 뚫리지 않았다. 샹카에서 봤던 마나

완 다른 방어막, 에너지 결계다.

샹카 것과 정확히 일치하진 않았다. 그러나 느낌은 똑같다.

제대로 찾아온 것 같은데 이런 결계를 사용할 수 있다니, 혹시 아라와 같은 존재가 살아 있는 건 아닌지 의심스럽다.

물론 여전히 작동하는 유적일 수 있는 가능성도 배제할 수 없었다.

정신을 천막 밖으로 보내 결계를 지날 수 있나 실험해 봤는데 그마저도 불가능했다.

'내일 오는 부족민들을 보면 알게 되는 게 있겠지. 잠이 나 자자.'

호렌 역시 수상한 행동 없이 잠들었기에 더 깨어 있어봐야 쓸데없는 짓이었다.

중간에 호렌이 근무를 선다고 일어날 때 잠깐 깨긴 했지만 푹 잤다.

모두 함께 아침 식사를 하며 어떻게 해야 하는지에 대해 들었다.

"노바, 수고해라."

"가비 아저씨도 수고하세요."

천막으로 돌아와 박스를 뜯고 몇 개를 진열해 둔 후, 손님이 오길 기다렸다.

'왔군.'

1시간쯤 지루하게 기다리고 있는데 결계를 넘어오는 이들이 상당수 있었다. 한 부족의 인원들인지 잠깐 모여 있다가 뿔뿔이 흩어졌다.

그들 중 두 명이 내가 있는 천막으로 들어왔다.

"어서 오십시오!"

"물건을 보러 왔소."

"앞에 있으니 편하게 구경하십시오. 이번에 새로 나온 2세대 채광기인데 만족하실 겁니다. 테스트가 필요하면 간단히 해보셔도 좋습니다."

그들이 채광기를 살피는 동안 난 그들을 살폈다.

'이걸 우연의 일치라고 해야 하나?'

셋 중에 한 명이 6서클에 엑스퍼트였다. 근데 호렌과 너무 비슷하다.

찍어내는 방법이라도 있는 건 아닌지 모르겠다.

"한 박스만 주겠소?"

"예. 금 2kg입니다. 하나는 보너스로 드리죠."

일반 영지의 10배의 가격. 그러나 그들은 당연한 듯이 네모난 금 조각 두 개를 내밀었다.

난 금 조각을 받아 저울에 올리고 무게를 쟀다.

"맞습니다. 감사합니다. 옮겨 드릴까요?"

"됐소. 수고하시오."

그들이 떠나고 새로운 일행들이 와서 다시 한 박스를 사갔다.

속고 속이는 건 없었다. 써보고 만족스러우면 가져갔고 아니면 그냥 나갔다.

부족마다 큰 구분이 있나 했는데 없었다.

부족 나름대로의 특징이 있다면 모를까, 어차피 삼 대 상단이 구해주는 물건만 쓰는데 차이가 있기 힘들었다.

물론 이상한 점 한 가지는 확실하게 알게 됐다.

평범한 사람은 있어도 마법을 배웠다고 하는 사람들은 3서클도, 4서클도, 5서클도 없었다. 모두가 6서클에 엑스퍼트였다.

장사하는 10일 동안은 갑갑했다.

결계를 나가지 못하고 결계 밖을 보지 못하니 장사밖에 할 수가 없었다.

상단 사람들을 무시하고 나갈까도 생각했다. 그러나 그럼 오히려 경계만 더 들게 할 것 같았다. 그래서 장사가 끝나길 기다렸다.

"천막을 걷어라."

장사가 끝났다. 새벽같이 일어난 사람들은 천막을 걷고 출발할 준비를 서둘렀다.

올 때와 달리 한결 가벼워진 덕분에 준비는 1시간도 안 되어 끝났다. 그리고 아침을 먹은 후 행렬의 맨 앞이 움직이길 기다렸다.

"노바, 어땠냐?"

"글쎄요. 심심한 것 빼곤 할 만하네요."

"대신 주머니는 두둑해지잖아. 근데 너 오늘 뭔가 달라 보인다?"

"어떤 점이요?"

"글쎄, 꼭 집어 말할 수 없는데 그냥 느낌이 그래."

"그동안 빈둥대면서 피부가 좋아진 모양이네요."

"그런가? 어, 출발한다. 도착할 때까진 끝난 게 아니니 긴장해라."

"네. 아저씨도 조심하세요."

"허허! 웬일로 순순히 대답을 하는구나. 자, 가자!"

가비가 걸음을 내디뎠고 뒤이어 나도 움직였다.

시장으로 사용되었던 공터를 떠난 세 상단의 행렬은 길게 이어졌다.

난 공중에서 그 모습을 지켜봤다.

행렬을 따라가고 있는 것은 나의 '의지'에 불과했다. 캐릴 영지에 도착하면 며칠 있다가 사라질 것이다.

*　　　　*　　　　*

"자! 이제 아무도 없으니 본격적으로 뒤져볼까?"

움직이지 않고 그대로 감각을 넓혔다.

1킬로, 2킬로, 3, 4… 10킬로미터.

"…땅속에 있네."

웬만한 왕국보다 몇 배나 넓은 야리힐 산맥 전체를 찾는 건 힘들지 몰라도 있다고 확신하는 지역을 탐색하고 의심스러운 곳을 추측하긴 쉬웠다.

10킬로미터까지 갔던 감각을 다시 좁혔다.

예상대로 결계가 쳐진 지역에서 멀지 않은 곳에 부족들이 살고 있는 게 분명하다.

주변과 똑같아 보이게 만드는 마법을 펼치고 땅 아래로 내려왔다. 그리고 추적 마법을 써 사람들의 흔적을 따라갔다.

흔적을 지우는 이가 있는지 희미했지만 흔적을 지웠다는 것마저 찾을 수 있기에 어렵지 않게 쫓아갔다.

"여기서 여러 곳으로 쪼개졌군."

사람이 가장 많이 이동한 3시 방향으로 걸음을 옮겼다. 그리고 한참을 가 2킬로미터 정도 걷자 한쪽으로 바위산이 보였다.

흔적 중 일부가 그곳으로 향했다.

'여기군.'

바위와 바위 사이의 틈에 마법에 걸린 바위가 있다. 입구인 모양이었다.

6서클이면 풀 수 있는 락 마법. 가볍게 언락을 시키자 큰 바위가 '그르릉' 소리를 내며 열렸다.

"뭐, 뭐야! 문이 왜 열려? 들어올 사람은 모두 들어오지 않왔어?"

"응. 모두 들어왔어. 어서 비상벨을……."

보초인 두 사람이 움직이기 전에 움직이지 못하도록 붙잡았다.

그리고 모습을 드러내며 말했다.

"해칠 마음은 없습니다. 다만 몇 가지 알아야 할 것이 있습니다."

"…말하지 않아도 해치지 않을 거요?"

"마음은 언제든 바뀔 수 있습니다."

"그렇다면 말하지 않겠다. 어떻게 들어왔는지 모르지만 절대 원하는 바를 이루지 못할 거요!"

"글쎄요. 두고 보죠. 이게 안으로 들어가는 문인가 보군요."

투명 손으로 두 사람을 데리고 천연 동굴을 깎아 만든 계단으로 내려가자 튼튼해 보이는 문이 보였다.

"그 문은 절대… 헉!"

자동으로 열리는 문을 보고 보초병은 신음을 흘렸다.

문 안으로 들어가자 별세계가 펼쳐졌다.

거대한 굴에 수백 채의 집이 있었고 이천여 명의 기운이 느껴졌다.

"치, 침입자다!"

뭔가 싶어 멀뚱멀뚱 쳐다보던 사람 중 한 남자가 상황을 파악하고 소리쳤다.

그 순간 비명 소리와 함께 여자들은 아이를 안고 안쪽으로 도망갔고 남자들은 눈에 보이는 도구들을 들고 방어 자세를 취했다.

그들을 신경 쓰지 않고 멈춰 서서 동굴 속 마을의 자경단이 오길 기다렸다.

"자경단이 오면 당신이 아무리 강해도 이길 수 없을 거요. 지금이라도 늦지 않았으니 물러나시오."

"훗! 늦은 것 같은데?"

6서클에 엑스퍼트인 사람들 수백이 검과 창 따위를 들고 몰려왔다. 그중에 7서클에 엑스퍼트인 자도 한 명 있었다.

그들은 멀찍이 떨어져 방어막을 형성하고 섰다. 그리고 7서클인 중년 사내가 몇 걸음 앞으로 나서며 소리쳤다.

"귀하는 누구기에 우리 마을에 들어온 겁니까?"

"중요한 유적을 찾고 있습니다."

"난 이곳의 부족장이오. 유적? 당신이 보기엔 여기에 유적이 있는 것 같소? 주민을 놔두고 돌아가시오."

그는 노련하게 거짓말을 했지만 감정의 기운을 볼 수 있는 나에겐 꼼수에 불과했다.

"여기가 아니라 당신들을 신체 개조 시켜준 곳. 그리고 마을을 둘러싼 결계를 쳐준 곳이라 말하면 알아듣겠습니까?"

"…당신 누구요?"

"그게 중요합니까? 마을 사람들을 대피시키기 위해 애쓰는 건 알겠는데 내가 나쁜 마음을 먹으면 어디에도 숨을 데가 없습니다."

"그럼 그전에 우리가 막겠소!"

"정말 말을 듣지 않는군요. 응? 텔레포트 마법진으로 이동 중인가?"

"놈은 상당 수준의 마법사다! 막아라!"

"휴우! 이럴 땐 악당이 되는 게 낫겠어. 마나 제어막!"

동굴 전체에 마나 제어막이 펼쳐졌다.

몸을 날리고 오던 자경단은 그대로 바닥으로 떨어졌고 형성되던 마법은 그대로 사그라졌다.

"이, 이게 무슨 사술이냐!"

"말해줘도 이해 못 할 겁니다. 계속하겠습니까? 아님… 오늘 마을이 지워지길 바랍니까?"

강력한 살기를 뿜어 앞에 있는 자경단과 사람들에게 쏘았다.

"허억!"

평범한 자들 중 몇 명은 기절을 할 정도로 강했다.

"…도대체 뭘 바라는 거요?"

"아까 말한 것 같은데요. 같은 말을 계속하는 취미는 없어요."

"그걸 말해주면 앞으로 중앙 부족의 지원을 받지 못하오. 그럼 우린 죽은 목숨이오."

"과거 혹독했던 왕은 죽었는데 영지로 내려가면 되잖습니까?"

"언제고 또 그렇게 될 거요."

"동굴 속에서 사는 것보단 훨씬 나을 것 같은데요."

"이곳엔 자유가 있소!"

"갇힌 자유가 자유인가요? 뭐, 댁들의 가치관에 대해서 이러쿵저러쿵할 마음은 없습니다. 단지 중앙 부족의 위치를 알아야겠습니다."

"그건······."

"죽이긴 나 역시 찝찝하군요. 아직 대륙은 노예를 사고 팔 수 있는데 모두 노예가 되어볼래요? 아! 마법사들은 중단전과 하단전을 모두 폐할 겁니다."

"당신은 악마··· 요!"

"그녀를 마왕이라 생각했으니 틀린 말은 아니군요. 아무튼 말할 겁니까, 말 겁니까? 다른 부족들도 많던데 빨리 결정해요."

"크으··· 말하겠소."

부족장은 결국 입을 열었다.

물론 한 번 거짓말을 해서 죽도록 맞아야 했다.

"···여, 여길 나가서 북쪽으로 쭉 가면 한눈에도 높아 보이는 절벽이 있을 겁니다. 그곳 안으로 들어가면 성이 보이는데 그곳에 중심 부족이 살고 있습니다."

그 말이 진실임을 확인하고 마을에서 나와 북쪽으로 향했다.

부족장의 말처럼 절벽이 보였다.

지잉!

어느 정도 다가갔을까. 빛이 번쩍이더니 수십 개의 빛이 내 쪽으로 날아왔다.

발칸 제국에서 봤던 무기다.

'제대로 찾아왔군.'

쉘을 두른 후 절벽을 향해 빠른 속도로 날아갔다.

빛은 쉘에 닿자마자 튕겨져 나갔고 그대로 절벽에 부딪혔다.

쨍!

뭔가 깨지는 소리와 함께 삭막한 절벽이 아니라 높은 성 주 위로 수많은 집이 위치한 작은 영주 성과 같은 풍경이 나타났 다.

이곳의 예전 주인은 신이라 불리던 인간 중 처음으로 두더 지 과가 아닌 모양이다.

천천히 성과 마을을 지켜볼 때였다.

상당한 충격과 함께 몸이 훌훌 뒤로 날아갔다.

"빛을 한 번에 모아 쏠 수도 있는 모양이네."

9서클이 되어서겠지만 두 번 당할 정도로 대단하진 않았다. 몇 번 피하자 에너지가 떨어진 건지 더 이상 날아오지 않았다.

그때 갑자기 앞쪽에 공간이 일렁이며 웬 30대 초반쯤 되어 보이는 여자의 얼굴이 나타났다.

수정구에서 나오는 화면과는 또 달랐다.

물론 놀랄 정도는 아니다. 행성을 생명체가 살기 좋게 만들었던 신(?)에게 이런 기술쯤이야.

─예사 분이 아닌 것 같은데 여긴 무슨 일로 오셨죠?

"이곳 유적지에서 찾을 게 있어서 왔습니다."

─…이곳이 어떤 곳인지 안다는 말처럼 들리는데요.

"고대의 신이라 불리던 이가 살던 곳이죠."

─…역시 알고 왔군요. 혹시 찾는 게 무엇인지 말해줄 수 있나요? 당신과 싸우고 싶지 않아요.

"훗! 방금 죽이려 해놓고 이제 와서 그런 말을 하면 믿을 수 있을까요?"

─먼저 침범한 쪽은 그쪽이니까요. 과거에 누가 주인이었든지 지금은 우리가 이곳의 주인이에요.

"좋아요. 말로 하겠다는데 굳이 싸울 이유는 없겠죠."

─이해해 줘서 고맙네요. 찾는 물건이 황금인가요?

"아뇨. 요만한 금속 카드입니다. 그것만 주면 곧장 떠나겠습니다."

여자의 얼굴이 딱딱하게 굳었다. 화면이라 감정을 알 수 없었지만 표정만으로 뭘 말하려는지 알 것 같다.

아무래도 줄 수 없는 중요한 물건인가 보다.

"꽤 중요한 물건인가 보군요."

─맞아요. 절대 줄 수 없는 물건이에요.

"음, 어쩐다. 난 그게 반드시 필요한데."

─…싸울 수밖에요.

"당신들은 날 이길 수 없어요."

―어쩔 수 없어요. 그걸 달라는 건 죽으라는 말과 같으니까요.

무기가 빛나는 걸 보고 얼른 외쳤다.

발칸 시티의 일 때문인지 죄 없는 이들을 죽인다는 것에 약간의 거부감이 있었다.

어쩔 수 없는 상황이라면 모를까. 일단은 설득을 해봐야 했다.

"잠깐! 접점을 한번 찾아봅시다. 이곳의 2만 명을 죽이긴 싫군요."

―접점이 있을까요?

"당신들이 살 땅을 주면 어떻겠습니까? 산맥에 사는 이들을 몇 명쯤인지는 모르지만 10만 명이 살아갈 수 있는 땅이 있다면 그곳에서 사는 것도 나쁘지 않을 것 같은데요."

―처음이야 괜찮겠지만 나중에 힘이 없다면 적들에게 빼앗기겠죠.

"그건 여기도 마찬가지죠. 지금 당신들은 여길 지킬 힘이 없어요. 그리고 내가 아니라 다른 누군가가 오면 옮길 기회도 없을지 몰라요."

―당신 같은 사람이 또 있나 보네요?

"저보다 훨씬 무서운 사람일지도 모르죠."

―다른 방법은 없나요?

나 보고 방법을 생각하라는 말에 살짝 짜증이 났다. 그러나 저들의 입장에서 나는 수백 년간 지켜오던 삶의 터전을 빼앗으려는 사람이나 다름없었다.

생각이 길어졌다.

아직까지 남아 있는 곳이 여섯 곳이니 다른 곳을 찾을까도 생각해 봤다.

두 달 정도 희생했다고 생각하면 되니까 말이다.

그러나 하나를 찾는 데 얼마나 시간이 걸릴지 미지수인 상황에서 이미 찾은 것을 모른 척하기엔 쉽지 않았다.

고민 끝에 입을 열었다.

"혹시 다른 유적지에 대해 아는 것이 있습니까?"

─알려주면 그냥 갈 건가요?

"단, 정확한 위치를 알려주면요."

─정확한 위치는 몰라요. 다만 동대륙에 있다는 정도만 알 뿐이죠.

"그 정도라면 나도 알아요. 서대륙에서 이곳으로 온 거니까요."

─대충 어떤 곳인지는 설명을 한다면 어때요?

"그들이 죽은 지 3000년이 넘게 지났어요. 산이 언덕이 되고 냇물이 강이 되기에도 충분한 시간이죠. 뭐, 아무것도 없는 곳보단 낫겠지만."

─…결국 카드를 달라는 말이군요.

"기회를 줄게요. 만약 내가 5년 안에 세 곳을 찾으면 깔끔하게 포기하죠. 그렇지 못할 땐 카드를 받으러 올 겁니다."

─싫다면요?

"오늘 가져가야죠. 싫으면 싫다고 정확히 말해요. 오랜만에 손에 피를 좀 묻히죠."

진심으로 얘기했다. 그걸 알았는지 그녀는 어쩔 수 없다는 듯 고개를 끄덕였다.

─받아들이죠. …5년간 준비의 시간을 가져야겠군요.'

"좋아요. 그럼 당신도 내가 다른 유적지를 찾을 수 있도록 도움을 줘요."

─동대륙의 거대한 늪지대에 친구가 산다는 글이 적혀 있었어요.

"그게 다입니까?"

─네. 거의 부서져 버린 책에서 본 글귀예요.

"복원을 했으면 더 좋았을걸. 그리고 한 가지 더, 그 카드의 사용법을 배웠으면 합니다."

─…카드의 사용법이라니요?

"그 카드가 이 성의 무기를 움직이고 각 부족의 결계를 유지하는 거 아닙니까?"

카드가 목숨과 관련이 있다면 이 이유밖에 없었다.

─그럴 수 없어요. 설명을 하려면 봐야 하는데 전 아직 당신을 믿을 수 없거든요.

"훗! 당신을 죽이려 했음 벌써 죽였을 겁니다. 그 증거를 보여 드리죠."

그 말과 함께 그녀의 기운이 느껴지는 곳으로 이동했다.

"허억! 다, 당신이 여길 어떻게……!"

여자는 바닥과 하나인 듯한 하얀색 의자에 앉아 있었다. 그리고 의자 옆에 서랍장처럼 뭔가가 서 있는데 그곳에 카드가 꽂혀 있었다.

"그저 언제든 뺏을 수 있었음을 보여주기 위함이니 걱정 말아요. 말한 건 지켜요."

"…그, 그렇군요."

"이제 설명해 줄 수 있겠어요? 그 카드를 어떻게 사용하는지?"

"딱히 사용법이랄 게 없어요. 카드는 언제나 여기에 꽂혀 있었으니까요."

"그 카드를 어떻게 발견한 겁니까?"

"처음 왕의 폭정에 못 이겨 야리힐 산맥으로 들어올 때로 돌아가야 해요."

바로 옆에 있어서 모든 걸 포기했는지 그녀는 술술 얘기했다.

간단하게 정리하자면 왕의 군사들에게 쫓겨 산맥으로 들어온 이들 중 그녀의 조상이 있었는데 몬스터에게 쫓기던 중 절벽을 기어오르려다 이곳을 발견했다고 했다. 처음 발을 들이자마자 성은 그녀의 조상을 주인으로 인식했다고 한다.

그리고 그때부터 산맥에 들어온 이들을 구해 현재에 이르렀다는 얘기다.

"…처음 이곳을 발견했던 윌리엄 할아버지께선 신이 깃들었다고 해요. 그래서 성에 관련된 것이라든지, 사용법이라든지에 대해 알게 되었고요."

"윌리엄이라는 분 다음엔 아무도 신의 음성을 듣지 못했고요?"

"네. 윌리엄 할아버지를 끝으로 원래 있던 곳으로 돌아갔대요."

권한을 샹카의 메인 컴퓨터인지 뭔지로 넘긴다는 말이 아니었을까.

문득 현재 가지고 있는 마루의 카드로 마루의 제단도 조종할 수 있지 않을까 싶었다.

'나중에 시간이 날 때 가봐야겠어.'

막연히 다시 가야만 할 것 같은 생각이 들었다.

『아우스:마도 시대의 시작』 11권에 계속…

초대형 24시 만화방

신간 100%, 샤워실, 흡연실, 수면실(침대석), 커플석, 세탁기 완비

▪ 광명 광명사거리역점 ▪

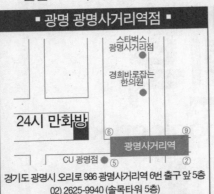

경기도 광명시 오리로 986 광명사거리역 6번 출구 앞 5층
02) 2625-9940 (솔목타워 5층)

▪ 강북 노원역점 ▪

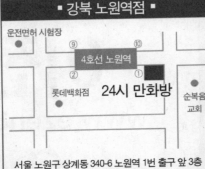

서울 노원구 상계동 340-6 노원역 1번 출구 앞 3층
02) 951-8324 (화용빌딩 3층)

▪ 일산 정발산역점 ▪

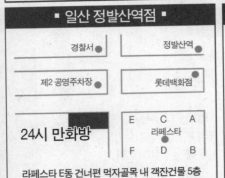

라페스타 E동 건너편 먹자골목 내 객잔건물 5층
031) 914-1957

▪ 일산 화정역점 ▪

경기도 고양시 덕양구 화정동 984번지 서일빌딩 7층
031) 979-4874 (서일사우나 건물 7층)

▪ 부천 역곡역점 ▪

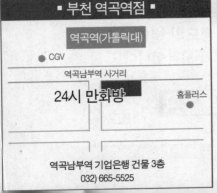

역곡남부역 기업은행 건물 3층
032) 665-5525

▪ 부평역점 ▪

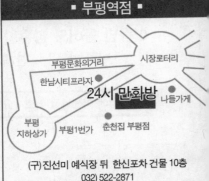

(구)진선미 예식장 뒤 한신포차 건물 10층
032) 522-2871

FUSION FANTASTIC STORY

요람 장편소설

천 번의 환생 끝에

환생자(幻生自).
999번의 환생 후, 천 번째 환생.
그에게 생마다 찾아오는 시대의 명령!

「아이처럼 살아라」
「아이답지 않게, 살아라」

이번 생의 시대의 명령은 한 번으로
끝날 것 같진 않은데?

"최악의 명령이군."

종잡을 수 없는 시대의 명령 속에
세상이 그를 주목하기 시작한다!

Book Publishing CHUNGEORAM

FUSION FANTASTIC STORY

박선우 장편소설

스크린의 별

비호감을 불러일으킬 정도로 못생긴 외모를 가진 강우진.

우연히 유전자 성형 임상 실험자 모집 전단지를
발견한 그는 마지막 희망을 걸고
DNA를 조작하는 주사를 맞게 되는데……

과거의 못생겼던 강우진은 잊어라!

세상에서 가장 아름다운 사나이.
그가 만들어가는 영화 같은 세상이 펼쳐진다!

Book Publishing CHUNGEORAM

유행이 아닌 자유추구 -
WWW.chungeoram.com

FUSION FANTASTIC STORY   류승현 장편소설

리턴마스터

2041년, 인류는 귀환자에 의해 멸망했다.

최후의 인류 저항군인 문주한.
그는 인류를 구하고 모든 것을 다시 되돌리기 위하여
회귀의 반지를 이용해 20년 전으로 돌아갔다. 하지만……

"어째서 다른 인간의 몸으로 돌아온 거지?"

그가 회귀한 곳은 20년 전의 자신도, 지구도 아니었다!

다른 이의 몸으로 판타지 차원에
떨어져 버린 문주한.
그는 과연 인류를 구원할 수 있을 것인가!

Book Publishing CHUNGEORAM

유행이 아닌 자유추구 -
WWW.chungeoram.com